AUF DEN SCHWINGEN DES PENDELS

I0518905

AUF DEN SCHWINGEN DES PENDELS

Roman

Susanne Oswald

Anna Töpfer legte den Hörer auf. Die atemlose Stimme der Frau klang ihr noch im Ohr. Kühl und beherrscht hatte sie geklungen, als ob sie die Verzweiflung nur mühsam unterdrücken könne. Zwar hatte die Frau keine großen Worte gemacht, keine schwülstigen Appelle. Aber ihr Satz "Ich weiß einfach nicht mehr weiter!" klang so endgültig, dass Anna sich nicht entziehen konnte.

Nicht dass sie sich überhaupt hätte entziehen wollen! Anna war eine professionelle Heilerin und daran gewöhnt, dass man sie um Hilfe bat. Geduldig, offen und voller Wärme lieh sie ihren Besuchern ihr Ohr, hörte aufmerksam auf die Klagen und Seufzer, die Argumente, die Schlaumeiereien und das Lamentieren. Aber selbst wenn sie für alle verfügbar zu sein schien, so fühlte sie doch nur zu gut, dass es in ihrem Inneren einen Platz gab, den sie ganz für sich frei hielt und zu dem niemand Zugang erhielt. Ein Ort des inneren Rückzugs war es, der ihr erlaubte, unberührt zu bleiben von den dramatischen Geschicken, die ihr die Menschen unterbreiteten, die ihre Hilfe suchten. Ein Ort der Stille und der Leere, den sie nur mit großer Mühe und im Laufe von vielen Jahren in sich gefunden, oder besser, aufgetan hatte.

Die Frau am Telefon aber war in diesen Freiraum eingedrungen. Nicht wissentlich, nicht offensiv, aber unabweisbar. Eine Schwingung in ihrer Stimme hatte etwas tief in Anna zum Klingen gebracht. Und diese tonlose Vibration war es, was sie nun als einen leichten Schmerz spürte. Anna fühlte sich angegriffen und bedrückt. Doch sie atmete tief durch und beschloss, sich erst mal eine Tasse Tee zu machen.

Heller Sonnenschein schien durch unbedeckte, glänzend saubere Scheiben auf das bernsteingelbe

Parkett. Die weißgestrichenen Wände reflektieren das goldgelbe Licht. Große Grünpflanzen warfen lange, verschlungene Schatten. Der nicht all zu große Raum wirkte luftig und leer durch seine sparsame Möblierung. Große bizarre Bilder hingen an den Wänden. Aber auch sie wirkten leicht durch ihre kühle Konstruktion und ihre sanften Farben.

Anna hielt am Küchenfenster inne und atmete den Duft des dichtstehenden Basilikums, das hier üppig in Blumenkästen blühte. Auch die Gartenbeete unter dem Fenster strotzten vor Grün: Wildgekrauste Salate bildeten geschlossene Reihen, der vielblättrige Kürbis blühte in sattem Gelb, Bohnen hingen in dicken Gruppen zwischen herzförmigen Blättern und im silbrigen Salbei summten die Bienen. Ein Tag voll Sommerglück. "Aber ihr werdet warten müssen", sagte Anna zum Fenster hinaus, "heute ist nichts mit Garten."

Sie setzte den Wasserkessel auf. Und während ihr Blick über die Regale mit blitzenden Gläsern und blanken Pfannen glitt, sah sie nur leeres Grau und fühlte diesen dumpfen, wattigen Schmerz in sich, von dem sie nicht wusste, woher er kam. Sie hörte die Stimme der Frau, die ihre Geschichte ins Telefon sprach, scheinbar kontrolliert, aber in Wirklichkeit atemlos. Kühl, aber doch ungebremst, weil der Druck in ihr übermächtig war. Kein Dammbruch, sondern Beherrschtheit. Aber unter der glatten Oberfläche ihrer Worte spürte Anna das Leiden hervorstoßen, wie aus einer aufgebrochenen Wunde mit jedem Pulsschlag das Blut herausquillt. Unerbittlich und gefährlich. Worte aus einem geheimnisvollen, abgrundtiefen Dunkel. Dabei war es eine Geschichte wie viele andere auch: Eine Frau ohne Mann und ein todkrankes Kind. Trauer, Verlassenheit, verdrängter Schmerz und verhaltener Zorn. Doch diesmal drang alles tief in

Anna ein, wurde zu ihrem Leiden, fraß ihre Energie und machte sie zunehmend kraftlos, als ob es ihr Blut wäre, das hier stoßweise versickerte. Und sie fühlte in sich die Versuchung, nachzugeben, sich der wachsenden Lähmung hinzugeben, die sie wie einen vielversprechenden Schlaf in sich aufsteigen fühlte. Da schreckte sie das Pfeifen des Wasserkessels auf und das Hantieren mit den Teeutensilien löste ihre Starre.

Und dann tat der Tee das übrige. Sie fühlte, wie seine wohltuende Wärme tief in sie eindrang und ihren Körper lockerte. Erst jetzt wurde ihr bewusst, dass ihr trotz der Sonnenwärme im Raum eiskalt gewesen war. Ihr Körpergefühl kehrte zurück und sie spürte die glatte Glasur der Tasse, die Wärme an den Fingern, die diese umschlossen, während der Henkel kühler und hart am Daumenballen lag. Sie fühlte ihr Gewicht und den Stuhl, der es trug, und das polsternde Kissen unter ihren Schenkeln. Und wie sie nun aus dem Fenster in den Garten schaute, in dem sich der Mittagsfrieden eines warmen Tages anzukündigen begann, da schien ihr, als ob auf allen Blättern ein Goldglanz läge. Tatsächlich begann nun alles – Gemüse, Blumen und Bäume, auch der an den Apfelbaum angelehnte Rechen, und jetzt auch die Gegenstände in der Küche – von innen her zu strahlen und in einem sanften, warmen Licht aus sich heraus zu leuchten. Und über den Summton der tausend Insekten legte sich ein fast unhörbares Klingeln, das die sonst herrschende Stille unterstrich. Behaglich fühlte Anna den Atem f in ihre Lunge dringen: "Das Andere" hatte ihr ein Signal gegeben. Alles war gut. Es gab keinen Grund zur Beunruhigung. Anna entspannte sich. Aber noch immer begriff sie nicht, was los war.

Energisch nahm sie nun die letzten Schlucke, stellte die Tasse hart auf den Tisch und ging mit für eine Frau erstaunlich langen Schritten hinüber ins spartanisch eingerichtete Arbeitszimmer. Dort setzte sich an den großen Zeichnungstisch, auf dem mächtige Papierbögen und sauber geordnete Farbstifte bereitlagen. Das durch die Nordlage des Zimmers bereits gedämpfte Licht drang mild durch die weißen Vorhänge. Anna langte nach einer altmodischen, reichverzierten Schatulle und nahm ihr Pendel hervor.

An einer feinen, silbernen Kette hingen ein kleiner, tropfenförmiger Aquamarin und ein etwas größerer, ungeschliffener Bergkristall. Anna wickelte die Silberkette zweimal um den rechten Zeigefinger und hielt sie ohne Druck zwischen Zeigefinger und Daumen. Den Aquamarin verbarg sie dabei in der geschlossenen Hand. Über der Tischplatte baumelte nun der Bergkristall an der noch etwa handlangen Kette. Es war kein reiner Kristall. In seiner Mitte glänzt ein länglicher Einschluss, opak, aber funkelnd wie helles Quecksilber, weißer als weiß, metallischer als Metall, und bei jeder Bewegung blitzten aus diesem Einschluss die irisierenden Farben des Regenbogens, so schnell und zart, dass sie fast nicht wahrnehmbar schienen.

Anna stützte den Ellenbogen auf und hielt das Pendel still, zentriert über einem Blatt Papier. Ein zartes Vibrieren glitt nun der Kette entlang zum Kristall. Anna fixierte die blendende Weiße des Tropfens und atmete tief in sich hinein. Und so leer und so weiß wie der Einschluss wurde nun ihr Inneres. Sie spürte sich und sie spürte sich nicht. Sie war in voller Konzentration da, aber sie war auch nicht vorhanden, weil ihre Offenheit so groß war, dass sie die Form eines Menschen sprengte.

Und nun stellte sich stumm die Frage, denn es gab niemand mehr der fragte. Und das Pendel setzte sich mit einem Zucken in Bewegung.

Ein leichter Ausschlag nach oben rechts. Anna verfolgt die Linie mit einem weichen Bleistift, den sie in der Linken hält. Nach etwa zwei Zentimetern stoppt das Pendel und versetzt sich in eine kleine Querschwingung. Ein Zeichen, dass dieser Strich vollendet ist. Anna setzt die Pendelspitze zurück auf den Ausgangspunkt. Der Kristall antwortet mit einem symmetrischen Ausschlag nach oben links. Ein kleiner Winkel von etwa 45 Grad ist entstanden. Zurück am Ausgangspunkt will sich nun aber das Pendel nicht weiter bewegen. Also lässt Anna es darum an den Enden des Winkels halten. Es zeigt zweimal senkrecht nach oben: Aus dem Winkel entsteht ein deutlicher, dicker Pfeil, der auf seiner Spitze in der Mitte des Zeichenbogens steht. An seiner Basis dreht sich nun das Pendel und setzt einen linksdrehenden kleinen Kreis auf den Pfeil, wie einen Kopf auf den Hals. Dann soll der Kreis geteilt werden. Die linke Hand zeichnet ohne es wirklich zu wollen, das chinesische Chi-Zeichen, Yin links, Yang rechts. Und weiter gleitet die Hand. Auf der linken Seite des Pfeils, ungefähr in seiner Mitte, ist ein Ansatzpunkt, von dem aus das Pendel eine Waagrechte bis fast an den Blattrand zieht: ein Horizont, der den Pfeil nun wie in die Erde eingegraben erscheinen lässt. Annas Hand sucht den nächsten Ausgangspunkt. Doch das Pendel steht still. Es kann den richtigen Ort nicht finden. Die Kette scheint wie verkrampft. Die Finger kribbeln. Es ist, als ob das Pendel mit einer gewissen Kraft durch eine feste, gallertartige Masse gezogen werden müsste. Das Gefühl ist drückend und unangenehm und die Hand wird heiß dabei. Da plötzlich, wie eine Kugel ins Loch gleitet das Pendel an einen Ort, wo alles wieder leicht vonstatten geht. Eine klare, lange Bewegung nach oben setzt ein, bremst plötzlich ab, verlangt eine spitzwinklige Kehre nach unten rechts, wo das Pendel einen zweiten, rechtsdrehenden Kreis vorzeichnet, der den ersten berührt und von gleicher Größe wie dieser ist.

Nun hält das Pendel endgültig an, will sich an keiner Stelle des Blattes mehr bewegen. Hand und Arm werden schwer und sinken schließlich auf den Tisch.

Das Bild, das entstanden ist, erinnert an eine geknickte Blüte, die ihren Kopf an die Stirn eines unglücklichen Wesens lehnt, das unbeweglich, eingebunden wie eine Mumie, als Pfeil in die Erde getrieben steht, in seinem Kopf aber das Universum und dessen ganze Bewegung enthält. Und die Frau, die gedankenleer über dieses Bild gebeugt ist, lässt den Kopf hängen wie die Figur, die sie eben gezeichnet hat.

Anna ist gegen sechzig, doch ihr Haar ist noch ganz füllig und dunkel. Ihre Figur hat die Taille und die daraus hervorspringende Rundung der Hüften noch nicht verloren. Reif wirkt sie, wie ein goldener Herbsttag, über dem noch keine Ahnung von Frösten liegt, der noch nichts weiß vom Leichentuch des Winters, der altersgrauen Sprödigkeit des Eises. Farbe und Duft von Früchten liegen wie eine Aura um sie herum und signalisieren jedem, der noch fühlen kann, dass hier Nahrung und Trost zu finden sind. Sie flößt Vertrauen und Zuversicht ein. Doch in ihrer Stärke und Festigkeit liegt auch Herbe: Die Säure, die die Frucht erfrischend und bekömmlich macht. Keine Verführung und kein Versprechen. Keine weibliche Verletzlichkeit wie sie von Kindfrauen jeden Alters ausgeht. Und für die Blütenschwüle, die gewisse Frauen ausstrahlen, war Anna nie der Typ gewesen und wäre nun wohl auch zu alt dazu, obwohl sie in bestimmten Männern durchaus noch Verlangen erweckt.

Was kümmert es sie, die sie hier brütend sitzt, in diesem kleinen, sonnendurchfluteten Haus, umgeben vom üppigen Garten, verloren in Weiten, die die hochgelegenen Horizonte des breiten Bergtals weit überschreiten, jenseits der Bläue des Himmels, die in schwebende Durchsichtigkeit übergeht?

Anna lebt seit Jahren einsam in diesem Ort, geachtet und gemieden wegen ihrer Fähigkeiten. Jeder kennt sie, keiner kennt sie näher. Viele suchen sie auf, wenn sie in Schwierigkeiten sind, doch es sind weniger die Leute des Tals, die zu ihr kommen, als Fremde, die von weit her anreisen, weil sie dies und das von ihr gehört haben und entweder neugierig oder verzweifelt sind. Ein oder zwei Mal am Tag empfängt sie Besuch, hört aufmerksam zu, was erzählt wird oder erforscht mit ihrem Pendel das Problem, das verschwiegen wird. Manche Menschen sagen zu viel, andere zu wenig, aber Anna findet immer das richtige Mittel, dass sie gestärkt von ihr gehen, sei es ein Kräutlein oder ein Ratschlag. Bedächtig, gedankenvoll und konzentriert versorgt sie die Seelen ihrer Besucher, nicht anders, als sie ihre Beete bearbeitet: Sie tut das im Moment gerade Notwendige, wissend, dass nicht sie es ist, die wachsen lässt, dass sie weder über Sonne noch Regen, über Wärme noch Kälte gebietet. Und sie weiß, dass nicht jede Saat aufgeht und nicht jede Pflanze zur Reife gelangt.

Doch die gewohnte Gelassenheit hat Anna heute verlassen. Noch immer spürt sie Angst und Bangigkeit in sich. Sie fühlt sich betroffen und weiß nicht, wovon. Und so sitzt sie da und verfolgt ihre Angst. Sie prüft sie in der Magengrube und verfolgt ihre Ausläufer, die sie als Verspannung bis in den Armen und Beinen wahrnehmen kann. Sie spürt sie und wägt sie, lässt sie weiter werden und zieht sie wieder zusammen. Und jetzt fühlt sie ein Zittern in ihrer Mitte und unaufhaltbar löst sich ein lautes Stöhnen aus ihrem Mund. Der Ton bringt sie in die Gegenwart zurück, sie repetiert ihn gleichsam spielerisch. Und sie fühlt, dass sie all dem ausweichen möchte, das auf sie zukommt, aber sie weiß auch, dass sie nicht ausweichen wird.

Halb zwei. Schon bald wird es läuten und die

verzweifelte Frau wird erscheinen und den kühlen, weißen Arbeitsraum mit ihrem Elend eng und düster machen. Anna flieht in den Garten. Der Geruch des sonnendurchglühten Grüns kommt ihr wie ein Streicheln entgegen. Der Rasen unter ihren Füssen federt. Schnell zieht sie die Schuhe aus und fühlt lustvoll die Kühle der Erde, die die Sonne hier unter der Zeder noch nicht voll vertrieben hat. Kraft scheint aufzusteigen aus der Mitte des Erdballs, eine dunkle, durchsichtige Welle, die nun ihre Beine hinauf vibriert, die Bauchhöhle erreicht, dem Rückgrat nach oben folgt und sich auf den Hinterkopf legt, wie eine starke, tröstende Hand. Anna lehnt nun am Baum. Die schartige Rinde drückt ihr ein Muster auf die Wange. Und im Gleichklang mit ihrem Atem scheint sie sich mit dem Baum zu wiegen. "Was hast Du schon alles gesehen?" fragt sie die alte Zeder einmal mehr. Und wie ein Film ziehen Jahrhunderte an ihrem inneren Auge vorbei: Damen in Krinolinen, Bauern, Postkutschen und napoleonische Soldaten. Schicksale und Geschichten, mit Tinte und fester Schrift ins Buch des Lebens eingetragen, nun aber verblasst und nicht mehr leserlich. Anna genießt diesen bewussten Moment außerhalb der Zeit. Und als sie nun in der Rinde ein winziges Zederzäpfchen hängen sieht, bedankt sie sich beim Baum für das freundliche Geschenk und nimmt es mit. Und während sie zwischen den heißen Beeten spaziert, strahlen ihre Augen vor Freude über die gesundheitsstrotzenden Gemüse. Und es kommt ihr so vor, als ob sie zwischen den Salaten und den Ringelblumen die roten Mützen von kleinen Wichtelmännern aufblitzen sähe. Anna pflückt sich Stachelbeeren. Jede einzelne prüft sie mit Fingerdruck, ob sie auch schon nachgiebig und weich zu federn bereit ist. Und dann beißt sie mit Lust durch die harte, säuerliche Schale und zerdrückt das süße Fruchtfleisch mit den vielen Kernen auf der Zunge. Und einmal mehr wundert sie sich, wie köstlich Beeren schmecken.

Nun ist sie wieder stark und für das Kommende bereit.

2

"Ich danke Ihnen, dass Sie mich so schnell empfangen haben."

Die Frau hat einen teuren Strauß mitgebracht: cremeweiße Rosen und Gerbera mit viel Grün, aus dem teuersten Blumenladen der nächstgelegenen Stadt. Auch sie selber sah nicht gerade billig aus in ihrem weißen, kurzärmeligen Leinenkostüm und der altrosa Spitzenbluse mit tiefem, wenn auch dezentem Ausschnitt. Auch die weißen Schuhe mit Riemchen entsprachen genau dem, was die führenden Zeitschriften im Moment als die neue Mode empfahlen. Das mit weißblonden Strähnchen aufgehellte Haar war frisch gewaschen und zur Löwenmähne aufgeplustert. Ihr Stil, ihr gekonntes Make-up und ihre Haltung, gaben ihr den Ausdruck von Unverletzbarkeit und Sicherheit, den Reichtum fast automatisch mit sich bringt. Aber Anna ließ sich nicht täuschen. Sie sah auch die graue Schicht von Verzweiflung, die über der ganzen Schönheit und dem gekonnten Auftritt pudrig wie eine unsichtbare Schicht von Vulkanasche lag. Stumm bewunderte sie das Kreuz, das Eva Boland, so hieß die Besucherin, am reichverzierten Kettchen im Ausschnitt trug. Eine seltene, sehr besondere Arbeit. Das Silber – oder war es Weißgold? – wirkte durch das Alter bleifarben und ließ die beachtlich großen Diamanten noch auffälliger weiß erscheinen. Winzige, zartrosa Steinchen in einem filigranen Silbernetz umgaben das Kreuz wie ein blitzender Brautschleier.

13

Und statt des Hügels von Golgatha hing am unteren Ende eine dicke, bläulich schimmernde Barockperle in Tropfenform.

"Sie hatten Glück, dass ich gerade frei war", sagte Anna und geleitete die Besucherin ins Arbeitszimmer, wo sie diese Platz zu nehmen bat, während sie in die Küche ging um die Blumen zu versorgen. Sorgfältig schnitt sie die Stängel schräg an und ordnete den Strauß in einer bauchigen Glasvase, in die sie einen Spritzer Essig gegeben hatte. Sie hatte nämlich beobachtet, dass Rosen so länger frisch blieben. "Möchten Sie etwas trinken?", rief sie.

Eva Boland hatte Durst, war aber zu beklommen um ja zu sagen. Also antwortete sie: "Nein, danke." Aber Anna kam trotzdem mit zwei großen Gläsern Wasser auf einem kleinen bemalten Tablett daher, stellte es auf den Boden, zwischen die zwei Stoffsessel und setzte sich ebenfalls. Die Arme auf die Lehne aufgestützt, beobachtete sie stumm ihre Besucherin, die dem forschenden Blick auswich und die Augen niederschlug. Es war sehr still im Raum.

Anna wollte nicht grausam sein, doch sie brauchte diesen Moment der Ruhe und der Sammlung. Dann sagte sie mit weicher Stimme: "Möchten Sie erzählen oder soll ich gleich mit der Arbeit beginnen?"

Eva Boland zog nervös den Atem ein, zu gespannt um Erleichterung zu zeigen, dass die Stille endlich gebrochen worden war. "Ja, bitte, ja, fangen Sie an!"

Anna stand auf und ging hinüber zum Tisch um ihr Pendel zu holen. Und auf diesem Weg holten sie Beklommenheit und der Schmerz des Vormittags wieder ein. Doch nun wies sie alles energisch von sich. Es ging nun nicht um sie, sondern um ihren Gast. Sie zog ihren Sessel in die Nähe von Eva und setzte sich. "Geben Sie mir bitte Ihre Hand", sagte sie sanft.

Wie viele Menschen hatten schon auf diesem Sessel

gesessen und Anna ihre Hand vertrauensvoll überlassen! Anna hätte schon aus der Form dieser Hände,
ihren Hautstruktur, ihre Behaarung, ihren Nägeln, aus
der Farbe und der Festigkeit des Fleisches, aus der
Haltung der Finger und aus den Gebärden, vieles über
diese Menschen erfahren können. Aber das alles sah sie
kaum. Sie war ganz konzentriert auf ihr Pendel und
öffnete sich wie eine Parabolantenne den Eingebungen,
die bereits in einer Mischung von Gefühlen, Bildern
und Worten auf sie einzudringen begannen.

War es das Pendel, das ihr diese Informationen
vermittelte? Anna wusste es nicht. Sie hatte vieles über
Radiästhesie und Erdstrahlen gelesen, interessante
Erfahrungsberichte, wildeste Spekulationen, übelster
Aberglaube. Sie hatte während Jahren experimentiert
und geforscht. Und wusste immer noch nicht mehr. Sie
hatte es schließlich akzeptiert, dass sie nicht verstehen
konnte, was da jeweils vor sich ging. Aber ihre
Erfahrungen zeigten, dass es funktionierte. Und sie
staunte selber immer wieder, wie gut.

Anna vermutete, dass das Pendel ein reines Hilfs-
mittel sei. Mit Hilfe seiner schwingenden Bewegungen
fand sie die innere Leere, die starke Konzentration, die
nötig war um den Zugang zum unbekannten Wissen zu
finden. Dieses konnte allerdings auch spontan in ihr
Bewusstsein hineinfallen: Sie erlebte Momente, wo ihr
Informationen ganz einfach zuflogen, ohne dass sie es
wollte, ohne dass sie etwas dafür tat. Absichtslos
beobachtete sie beispielsweise einen Menschen. Und
plötzlich wusste sie, dass er unglücklich war und
warum. Sie sah seine Beziehungen, seine Schwierigkeiten und Verstrickungen. Und sie sah den Auslöser
des Problems: Stolz, Trotz oder Faulheit oder andere
dumme, kleine Eigenschaften, die mit ihrer verheeren-
der Wirkung ganze Leben zerstören konnten.

Doch wenn jemand Anna um Hilfe anging, mochte

sie sich nicht auf spontane Eingebungen verlassen, sondern griff zum Pendel. Vielleicht auch nur, weil sie es so gewöhnt war und ihrer Intuition zu wenig Glauben schenkte. Tatsache war, dass ihr das vertraute Gefühl des Kettchens am Zeigefinger die notwendige Sicherheit gab, die sie brauchte um die Ratsuchenden zu unterstützen und zu stärken. Und der Aquamarin in der Hand beruhigte sie selbst und schien sie zu beschützen. Auch liebte Anna den silbernen, farb-flirrenden Tropfen, der sich im Innern des Kristalls verbarg. Sein Glanz und sein Schwingen versetzten sie in den Zustand, den es brauchte, damit die andere Person und die andere Dimension auf sie einwirken konnten.

Anna also fasste ihr Pendel zwischen Daumen und Zeigefinger. Was wusste sie nun in diesem Augenblick, als sie dieses über die Hand von Eva Boland hielt? Sie hatte am Telefon erfahren, dass Eva eine Ausländerin auf der Durchreise war. Offensichtlich fühlte sie sich elend und wähnte sich am Ende ihrer Kräfte. Sie hatte seit etlichen Jahren allein mit ihrem Sohn zusammen gelebt. Und nun lag dieser seit zwei Monaten im Koma im Spital. An der äußeren Erscheinung der Frau hatte Anna abgelesen, dass sie gut Mitte Dreißig war und offensichtlich über reichliche Mittel zum Leben ver-fügte. Der kostbare, auffällige Schmuck und ihr Auf-treten ließen vermuten, dass sie aus einer angesehenen Familie stammte und ihre Nervosität und Verhaltenheit ließen auf einen beeindruckbaren Charakter schließen. Dies waren die Informationen, die Anna bewusst zugänglich waren. Doch als der Kristall nun zu schwingen begann, öffnete sich ein weites Feld an Eindrücken, das den breiten Kreis eines Lebens und seiner Verbindungen vor Annas inneren Augen nach-zeichnete.

Ein großer Raum tat sich auf, mächtig wie eine

Kirche, aber dunkel wie eine Krypta. Anna fröstelte, als sich etwas wie eine kalte Hand auf ihr Herz legte. Und dann sah sie den Schatten.

"Da ist ein Mann", sagte sie mit fast unbeteiligter Stimme, "groß, schlank, mit braunem, gewelltem Haar und haselnussbraunen Augen. Er ist 24." Das hatte das Pendel mit 24 Schlägen und abruptem Stillstand gemeldet. "Sie lieben diesen Mann", fuhr Anna fort, die fühlte, dass die Größe des Raumes für die Größe des Gefühls stand, und die Dunkelheit und Grabeskälte für die Trauer und den Verlust. "Dieser Mann ist für sie nicht mehr erreichbar. Wissen Sie das?" fragte Anna und kehrte in den Sommernachmittag zurück und sah forschend auf Eva.

Diese biss sich auf die Lippen und nickte. Aber wusste sie auch, dass er tot war?

"Könnte es sein, dass er nicht mehr lebt?" fragte Anna vorsichtig.

Eva nickte. "Er ist vor 12 Jahren gestorben", sagte sie tonlos.

Anna erschrak. So lange war das also schon her. Und diese Frau war noch immer in der Trauer versunken wie im Keller einer Kathedrale, in den kaum ein Lichtstrahl drang! Sie zog Evas Hand wieder näher zu sich und fixierte das Pendel. Der Eindruck der düsteren Kathedrale blieb. Aber nun sah sie ein Kind, das Einlass suchte. Es klopfte an die schwere Holztür. Dann streckte es sich und versuchte, nach der hoch angebrachten Türklinke zu langen. Und als das nicht ging, drängte es seine kleinen Hände in den Spalt zwischen Türe und Rahmen, um so die Türe aufzudrücken. Aber das Unterfangen blieb hoffnungslos. Anna sah, dass es keine Chance hatte. Es gab keine Möglichkeit, in diese Trauer aus Stein einzudringen. Es gab keine Antwort und keine Mutter. Und darum gab es auch keinen Lebenswillen mehr.

"Ich sehe Ihr Kind", sagte Anna, "es ist ein ruhiges, schwermütiges Kind. Es geht seiner Wege, wie ein kleiner stiller Erwachsener. Aber die Welt ist zu groß, zu brutal. Und dann dieses Geräusch, dieser mächtige Lastwagen…"

"Hören Sie auf", schrie Eva, nun plötzlich lebendig und heftig. "Ich ertrage das nicht, ich will es nicht noch einmal hören. Ich will es nicht hören."

Anna legte Evas Hand sanft auf deren Sessellehne zurück und blickte ernst in das entsetzte, weiße Gesicht. Sie atmete tief und langsam teilte sich ihre Ruhe auch wieder der Besucherin mit. "Also, dann erzählen jetzt Sie", forderte sie Eva auf.

"Ich habe sehr jung geheiratet", fing diese an, "und Pablo war meine große Liebe. Wir lernten uns in Barcelona kennen, wo ich studierte und Pablo – er studierte Romanistik an der Sorbonne – einen halb-jährigen Sprachaufenthalt absolvierte. Wir heirateten gegen den Widerstand unserer Familien, die fanden, dass wir zuerst unser Studium abschließen sollten. Aber bevor es so weit war, war Pablo schon tot."

"Er wurde krank", murmelte Anna und Eva be-stätigte, ohne sich zu wundern, dass Anna wusste: "Leukämie. Das war damals ein Todesurteil und es war uns bewusst." Eva verstummte, blickte auf ihren Schoss und saß ohne Bewegung. Mit ihren Armen auf den Seitenlehnen und den gerade auf den Boden gestellten Beinen wirkte sie wie ein braves Kind beim Arzt, verunsichert, abwartend, gespannt. Schließlich seufzte sie, zupfte mit fahrigen Fingern eine nicht vorhandene Falte aus dem Rock und fuhr weiter:

"Die Krankheit dauerte mehr als zwei Jahre bis es zum Ende kam. Es war eine entsetzliche Zeit. Fragen sie nicht, wie ich das durchgestanden habe, ich weiß es ganz einfach nicht mehr."

Wieder eine längere Pause ohne Bewegung.

"Als Pablo starb, war ich im dritten Monat schwanger. Ich kann mich nicht erinnern, dass ich es gewollt hätte. Irgendwie geschah es einfach. Aber Pablo war zufrieden. Er sagte: 'So bist Du nicht so allein, wenn ich nicht mehr da bin.' Wenn ich zurückschaue, erscheint mir alles wie ein Traum, ein Alptraum: Die Besuche im Spital, das Ende, die neugierigen Fragen der Freunde, die Beerdigung, die Kondolenzbesuche. Und dann die Blicke, als mein Bauch dicker wurde. Wie sie mich bedauerten! Ich war wütend, ich war so wütend, weil ich wusste, dass ich wahrscheinlich mit Pablo Besseres gehabt hatte, als sie alle je haben würden."

Jetzt war Eva kraftvoll und energisch. Sie beugte sich nach ihrem Wasserglas und trank es mit langen Schlucken in einem Zug aus. Auch Anna trank.

"Wie alt waren Sie damals?", fragte sie.

"Vierundzwanzig wie Pablo. Und Fünfundzwanzig als Pablito geboren wurde", antwortete Eva. "Mir ist, als ob es gestern gewesen wäre, dabei wird er im August Vierzehn." Nachdenklich fixierte sie das Parkett, ohne mehr wahrzunehmen als verschwimmendes Gelb.

Anna saß still und ließ einmal mehr die Zeit verrinnen.

"Ich war wie betäubt", fuhr Eva schließlich fort, "ich war nicht fähig, einen Finger zu rühren. Zum Glück machte mir das keine Probleme, mein Vater und meine Schwiegereltern sorgten für mich, eine Kinderfrau versorgte das Baby. Und so vergingen die Jahre, bis Pablito zu Schule kam."

"Mein Vater wohnt weit abseits auf dem Land. Am Anfang war ich froh darüber, dort in Ruhe leben zu können. Doch schließlich schien mir, es sei Zeit für Pablito und mich, ein neues Leben anzufangen und wieder in die Stadt zurückzukehren. Dort hatten wir vor dem Tode meiner Mutter gelebt. Also zog ich vor sieben Jahren nach Madrid zurück. Dort wohne ich auch noch heute."

"Sie sind Spanierin?", fragte Anna und fühlte einen Stich im Herzen.

Eva nickte. "Nun war ich allein mit Pablito. Wir genossen es sehr. Ich vielleicht noch mehr als er. Für mich begann ein neues Leben. Aber Pablito vermisste das Land und seinen Großvater. Er liebt seinen Großvater sehr. Aber, wie Sie sagten: Pablito ist ein ruhiges Kind und er hat sich bald an das neue Leben gewöhnt. Ruhig ist er, ja, aber schwermütig, nein", und jetzt kam in Evas Stimme ein Hauch von kühler Härte, "Schwermut stimmt nicht. Er ist ernsthaft, ja, er liebt es, den Dingen auf den Grund zu gehen. Er bastelt und erfindet Vorrichtungen mit einer Geduld, die ich nur bewundern kann, aber das heißt doch nicht, dass er schwermütig und unglücklich ist. Das ist sein Charakter, das ist alles. Die Leute sind schließlich verschieden."

Die Vehemenz, mit der Eva die Vorstellung bekämpfte, ihr Sohn sei weniger als strahlend glücklich, zeigte Anna, dass sie richtig lag.

"Auch falls er schwermütig wäre, könnte das ein Charakterzug sein", sagte sie vermittelnd. "Es ist doch überhaupt nicht erstaunlich, dass ein Kind in seiner solchen Lebenssituation das Leben schwer nimmt."

Eva entspannte sich ein bisschen. Und Anna sah einmal mehr einen Menschen vor sich, der im unmöglichen Versuch perfekt zu sein gescheitert war, aber dieses Scheitern um keinen Preis in der Welt zugeben konnte. Einmal mehr spürte sie die Verkrampfung im Körper des anderen Menschen, die Anspannung, die es bedeutete, die Fiktion eines "glücklichen" Lebens aufrecht zu erhalten. Der Druck, der dadurch entstand, sich für das Glück verantwortlich zu fühlen, das eigene und das der andern. Und die entsetzliche Angst, die hinter dem brüchigen Panzer aus Abwehr lauerte: Die Angst vor dem Zugeständnis, fehlerhaft und damit schuldig und damit nicht liebenswert zu sein. Zu wenig geliebte Kinder waren sie alle! Und nichts und niemand könnte jemals in der Lage sein ihren Hunger nach Anerkennung und Liebe endgültig zu stillen. Weil sie zu wenig vertrauten und es nicht zu glauben wagten, dass sie recht und damit liebenswert waren, genau so wie sie waren.

Anna kannte diese Krankheit, hatte sie selber durchlitten, immer wieder von neuen Anfällen geschüttelt. Und so gehörte auch sie einstmals zu den Menschen, die einen schönen Teil ihres Lebens damit verbringen, die Person zu suchen, die sie bestätigen würde, den Guru, der sie annehmen würde, den Gott, der sie, als Ersatz des Vaters, segnen würde. Bis sie nach Jahren endlich herausfand, dass nur sie selber es war, die sich erlösen und sich Absolution erteilen konnte. "Te absolvo", hatte sie an jenem Tag laut zu sich gesagt, "und von heute an lasse ich mich nicht mehr belohnen und nicht mehr bestrafen." Und nun saß sie da und blickte voll sanftem Mitleid auf diese elegante, blonde Frau, die sich durch eine Verteidigungsschlacht quälte, in der es außer ihr selber keinen Gegner gab.

"Lassen Sie mich noch einmal pendeln", sagte Anna und langte hinüber nach Evas Hand. Aber eigentlich brauchte sie diese nicht, denn schon bewegte sich der Kristall und Anna sah wieder den Jungen, jünger, als er in Wirklichkeit war, etwa achtjährig und tief erschrocken darüber, dass er seiner Mutter nichts sein konnte, dass ihre Liebe einem Fremden galt. Auch in ihm steckte wie eine Erbkrankheit die Überzeugung, dass etwas mit ihm nicht stimmen könne, weil er sich unfähig sah, in seiner Mutter Gefühle von Nähe und Liebe zu wecken. Noch ein Wesen, das an seinen Schuldgefühlen erstickte und das innerlich beschlossen hatte, unter diesen Umständen nicht mehr weiter zu leben.

"Pablito ist sehr, sehr weit weg", murmelte Anna. "Sehr, sehr weit. Es wird schwierig sein, ihn zu erreichen." Sie hielt inne, die Augen auf das Pendel geheftet, das seine Ausschläge veränderte, je nach dem, wonach sie gerade Ausschau hielt. Manchmal kreiselte es wild und aufgeregt, dann wieder zog es halblahm breite Striche, mal quer über die Handfläche, mal in Richtung der Finger und weit über diese hinausschlagend, dann Schläge zählend wie eine Uhr oder plötzlich bocksteif still stehend, so dass die Kette wie ein Stäbchen wirkte.

Eva beobachtete fasziniert das erstaunliche Geschehen und vergaß darüber beinahe ihren Kummer. Sie fühlte halb bewusst ein unerklärliches Vertrauen, das sich in ihr ausbreitete. Es hatte gut getan, zu sprechen und sich zu öffnen. Für einmal nicht so entsetzlich allein mit sich selber zu sein. Auch spürte sie in sich eine wilde und irrationale Hoffnung, dass sich selbst das Schlimmste noch in Gutes wandeln könnte.

"Lassen Sie mir Zeit", sagte Anna langsam, die Wellen der Hoffnung in der anderen spürte: "Ich verspreche Ihnen gar nichts. Ich brauche Zeit. Und möglichst viele Fotografien von ihrem Sohn. Ich möchte ihn so gut wie möglich kennenlernen."

Das hatte Anna noch nie verlangt, aber das wusste Eva nicht. Sofort griff sie zur Brieftasche und zog ein paar Bilder heraus: Große, ernste und fast schwarze Augen, die das noch kindliche Gesicht mit Kraft überstrahlten.

"Ich möchte noch mehr", sagte Anna, "auch ältere

Bilder." Und sie wunderte sich selber über ihre Worte. Aber Eva versprach ohne Zögern, ihr Fotoalben aus Spanien schicken zu lassen. Sie würde das augenblicklich organisieren, in wenigen Tagen müssten die Bilder hier sein.

"Darf ich Sie anrufen, wenn es so weit ist?" sagte Eva nun ganz aufgeregt, weil endlich etwas passieren würde.

Und Anna sagte ja und brachte sie zur Tür und war froh endlich wieder allein zu sein.

Etwas nicht Bestimmbares an dieser Frau hatte sie durcheinander gebracht.

3

Anna konnte nicht schlafen. Sie lag auf dem Rücken, entspannte sich und blickte durch das offene Fenster in das Viereck aus dunklem Nachthimmel, das mit glitzernden Sternen gepünktelt war. Jupiter funkelte fast schreckenerregend hell in der Nähe von Spica im Sternbild der Jungfrau. Er schien Zeichen zu geben. Doch was sagte er? Anna wurde wach und wacher, obwohl sie in ihrem Körper eine schwere Müdigkeit fühlte. Das Gespräch vom Nachmittag beschäftige sie. Die in ihrer Trauer erstarrte Frau und das im Koma liegende Kind wollten ihr nicht aus dem Sinn. Ein ungewohnter Druck, eine merkwürdige Dringlichkeit bedrängten sie und raubten ihr die Ruhe. Das war Anna nicht gewohnt. In der Regel vergaß sie ihre Besucher im Augenblick, wo diese ihrer Sicht entschwanden. Jetzt aber schien etwas nach ihr zu rufen, das keinen Aufschub duldete.

Seufzend erhob sie sich und ging nach unten und hinaus, auf die kleine Treppe vor der Haustür. Dort stand sie hellschimmernd im Nachthemd in der jetzt etwas kühlen Sommernacht. Noch lag ein Rest von schwülem Lindenblütenduft leise über der Gartenlandschaft. In der Rabatten neben der Treppe raschelte es und in der Ferne bellte ein Hund. Anna suchte den Himmel ab. Gerne hätte sie eine Sternschnuppe gesehen, ein gutes Omen gefunden, einen Wunsch gewünscht. Aber nichts wurde ihr geschenkt in diesem Moment, nichts, das ihre innere Unruhe beruhigt hätte.

Anna ging ins Arbeitszimmer. Sie zündete statt des Lichts eine Kerze an und verbrannte in der Flamme einen kleinen Zweig von getrocknetem Salbei. Sie legte die brennenden Blätter in eine Messingschale, aus der nun ein weißer Rauch aufstieg, der auf ihre Brust und ihre Hände zu schwebte. Sie hielt das glitzernde Kristallpendel in den Rauch. Dieser zeichnete die Kristallform in weichen Arabesken nach, kringelte sich und löste sich in Nichts auf. Ein würziger, sauberer Duft verbreitete sich im Raum.

Räucherwerk und Düfte reinigen Atmosphäre und Geist. Sie fördern die Konzentration und rufen freundliche Geister herbei. Anna räucherte regelmäßig, ohne große Absicht, ohne genaues Wissen, weil sie den Duft liebte und weil ihr die Vorstellung gefiel, dass sie damit die Luft im Raum erneuerte, in dem sich fremde Besucher aufgehalten hatten. Sie hatte gelernt, dass sie ihr Pendel unbefangener und freier einsetzen konnte, wenn sie es vor dem Gebrauch reinigte, so, als ob durch den Rauch alte Eindrücke und Bilder aus dem Stein verschwänden. Allerdings war sie sich nicht im Klaren, ob diese Reinigung tatsächlich auf den Stein oder direkt in ihrer Psyche wirkte. Ein wichtiger Grund für das Räuchern war aber auch, dass der große Salbeibusch vor dem Haus regelmäßig gestutzt werden musste und Anna, aus Respekt vor der Heilkraft dieser Pflanze, vermeiden wollte, die anfallende Zweige einfach zu kompostieren. Und so verbrannte sie Salbei, im Vertrauen darauf, dass der Rauch heilende und heilsame Einflüsse auf sie und ihre Umgebung habe.

Während sie nun ihren Arm aufstützte und das Pendel in seine Ausgangsstellung brachte, konzentrierte sie sich auf das kranke Kind, das in weiter Ferne in einem totähnlichen Schlaf im Spital lag.

Ein Pendel, sei es aus Kristall oder Metall oder Holz, sei es in Form eines Gewichts an einer Kette oder eine frisch vom Busch geschnittene Rute, wird durch unwillkürliche, minimale Muskelzuckungen in Gang gesetzt. Diese sind sehr fein, feiner als eine beabsichtigte Bewegung je ausgeführt werden könnte und sind darum kaum sichtbar. Eigentlich ist es also der Körper des Pendlers, der Antwort auf eine gestellte Frage gibt und nicht das Pendel. Aber auch nicht das Bewusstsein des Pendlers.

Pendeln kann fast jeder Mensch, aber nicht jeder ist gleichermaßen dafür begabt. Der gute, und das heißt, der zuverlässige, Pendler, muss sich leer machen können. Er muss frei von Wünschen und Absichten sein. Er darf die Antwort nicht beeinflussen wollen. Er muss sich wie ein Kanal, als Medium, dem öffnen, was grösser ist und mehr Wissen enthält als seine Person und sein Bewusstsein.

Das ist nicht leicht. Der Zustand der absichtslosen Leere zu erreichen, verlangt, sich aufzugeben, sich frei zu machen von sämtlichen vorgefassten Meinungen. Der Pendler muss total offen sein und demütig auch das annehmen, was unmöglich und unwahrscheinlich erscheint, was nicht gefällt und nicht beliebt. Diese Befreiung von eigenen Ideen, Wünschen, Urteilen und Vorurteilen benötigt ein jahrelanges Training und eine tief gehende Entwicklung der Persönlichkeit, ein Weg, den nicht viele Menschen zu gehen bereit sind. Darum sind sehr gute Pendler so selten wie wirklich vom Leben gereifte Menschen.

Anna hatte weder das eine noch das andere angestrebt. Ihr Leben hatte sie ganz einfach auf diesen Weg gezwungen. Sie selber wunderte sich am meisten über ihre Entwicklung. Sie hatte zuerst in Not, dann spielerisch forschend, das Pendel benutzt. Und mit der Zeit stellte sie fest, dass sich Ergebnisse zeigten, die sich als nützlich erwiesen.

Es war dann, nach Jahren des Zögerns, eine Selbstverständlichkeit für sie geworden, ihre Erkenntnisse den Menschen, die sie darum baten, zur Verfügung zu stellen. Ihr Pendel benötigte sie nicht mehr um Antworten auf Fragen zu erhalten. Es war nur noch Konzentrationshilfe um den Zustand zu erreichen, in dem sie Bilder sah, die vieles oder alles erklärten.

Aber das war nur die eine Seite. Im Laufe der Zeit war ihr Pendel nämlich zu einem Werkzeug geworden, mit dem sie ihre außerordentlichen Bilder herstellte. Wie ein Wegweiser zeigte es ihr den Weg zu merkwürdigen Formen und Diagrammen, die sie in verschiedenen Farben zart ausmalte. Sie selber bestaunte dann ihre leicht auf das Papier geworfenen Konstruktionen und benutzte sie im Nachhinein als Informationsquellen, die ihr Antworten auf fast beliebige Fragen gaben. Wobei allerdings niemand verstand, wie sie ihre Bilder deutete. Und warum das gleiche Bild Antworten auf verschiedene Fragen von vielen verschiedenen Menschen enthielt.

Anna wusste auch nichts Genaues darüber, wie und warum es funktionierte. Sie glaubte aber, dass ihre Bilder Mandalas waren, die, wie Amulette, einen heilenden Einfluss auf die Welt ausübten.

Das Pendel aus dem durchsichtigem Kristall mit dem silberglänzenden Einschluss schwang vor Annas Augen. Ihr Blick wurde abwesend, ins Weite fixiert und die unscharfe Bewegung vor ihren Augen trug sie davon. Wie ein Stück Treibholz im Fluss, schaukelte sie auf dem beständigen Hin- und Her. Und sie vergaß alles und gab alles auf: ihr Wollen, ihre Bedrücktheit, ihre Fragen. Sie war einfach da, in voller Aufmerksamkeit. So verging etwas Zeit, eine Art von Zeit, die sich nicht messen lässt, in der in einer Sekunde ein Leben ablaufen oder eine einzige Handlung sich zu Lichtjahren ausdehnen kann. Schließlich aber regte sich etwas in diesem Ungeformten, weit, ganz weit unten und jenseits von Annas Wille regte sich die Frage nach dem Kind. Etwas machte sich auf den Weg und suchte die leeren Räume ab, eine Absicht richtete sich auf ein Ziel. Aber noch war es, wie wenn einer mit einer Taschenlampe in einer riesigen Halle herum leuchtet, die so groß ist, dass der schwache Lichtstrahl keine der Wände trifft und sich im Dunkel verliert.

Plötzlich aber stand ein junger Mann direkt vor Anna und blickte sie groß an. Er war etwa 17 und wirkte lang und mager. Aber er war auch das kleine Kind, das Anna heute am Kirchenportal gesehen hatte und er war auch der Zwölfjährige, der in Spanien im Koma lag. "Pablito", sagte Anna ohne Stimme und ohne Worte, "Pablito. Danke, dass Du gekommen bist." Der junge Mann starrte sie fast feindselig an. Keine Bewegung, weder in seinem Körper noch in seiner Miene. Anna spürte seine große Ferne und Abwesenheit. Und seine Verzweiflung war nun auch in ihr, sein ganzer Schmerz über die Unmöglichkeit der Situation. Sie spürte seine Hoffnungslosigkeit, seine Begierde, zu kommunizieren, sein Wunsch, sich auszulöschen, seine Abwehr, sich helfen zu lassen und es waren ihre Gefühle und ihr Hass. Es fühlte sich an wie eine grenzenlose Bodenlosigkeit, eine Leere, in der nicht einmal mehr die Gravitation funktioniert, das absolute Nichts, der Stillstand, der Tod. Anna wusste, dass er verloren war. Sie atmete langsam und bewusst in diesen Zustand hinein, um nicht selber von der Verzweiflung und

Angst überschwemmt zu werden. "Pablito", hauchte sie, wiederum ohne Stimmbänder oder Luft zu bewegen, "ich bin da. Es ist alles nicht so, wie du denkst. Ich bin für Dich da." Aber während diese ungesagten Worte durch sie gingen, spürte sie, wie diese nichts bewirkten, wie Pablito in seiner Verzweiflung und seinem Trotz verharrte, wie alles so war wie es war: Pablito wollte nicht leben, weil er nicht mehr wusste, für wen. Pablito hatte es satt, allein zu sein. Und Anna war niemand. Er wollte keinen Ersatz, nicht irgend jemanden, er wollte und brauchte seine Mutter.

Anna steckte tief mit drin im Dilemma dieser Seele, die wie ein hungerndes Baby nach etwas schrie, das ihr die Kraft geben sollte, groß und selbständig zu werden. Und auch wenn hier kein Baby, sondern ein schöner junger Mann vor ihr stand, so war dieser doch nicht fähig, sich von dem Mangel zu lösen. Wie sollte er auch aufgeben können, was er nie besessen hatte? Und so kreiste und kreiste er in seiner Hoffnungslosigkeit und glitt immer tiefer in eine Bedürftigkeit, die in einer tödlichen Erschöpfung enden musste. Der Lastwagen brachte ihm die lang ersehnte Ruhe.

Anna schickte ihm in Gedanken Energie und Liebe. Sie stellte sich vor, dass ein Lichtstrom aus ihrem Körper zu ihm hin ströme und sie sah, wie sich das Licht um seinen Körper bewegte, wie vorher der Rauch ihr Pendel bestrichen hatte. Am Rande der Helligkeit tauchten manchmal irisierend die Regenbogenfarben auf. Der Körper des jungen Mannes schien sich ein wenig zu entspannen und dann löste sich sein Bild langsam im Licht auf, das immer dichter und nebelartiger geworden war.

Anna war wieder bei sich und in ihrem Zimmer. Nun fühlte sie sich klar und energisch. Sie wusste genau was zu tun war.

Am Morgen, gleich nach dem Frühstückstee, den sie im dicken Pullover unter dem Apfelbaum in langsamen und genussvollen Schlucken getrunken hatte, ging sie ans Telefon. Sie versuchte es im besten Hotel am Ort und hatte tatsächlich Erfolg: "Frau Boland? Ja, ich verbinde", sagte der Concierge.

Eva Boland war wach, schien aber sehr überrascht durch den Anruf.

"Ich möchte sie noch einmal sehen, bitte", sagte ihr Anna. Und auch wenn sie nicht sagte, dass es dringend sei, so spürte Eva dies doch augenblicklich und versprach, in einer Stunde bei ihr zu sein.

"Ich möchte Sie um etwas bitten", sagte Anna mit großem Ernst, als die beiden Frauen wieder in den bequemen Stühlen im Wohnzimmer saßen. "Ich möchte Sie bitten, für eine Weile hier zu bleiben und mich zu unterstützen. Ist das möglich?"

Eva war sehr verunsichert, auch etwas unwillig über den Eingriff in ihre Freiheit. Irgendwie fürchtete sie sich davor, in etwas Unbekanntes und nicht Vorhersehbares verstrickt zu werden. Sie musste aber zugeben, dass es nichts gäbe, was ihre Abreise nötig machte.

"Was ich von Ihnen möchte, wird Ihnen vielleicht etwas sonderbar vorkommen", fuhr Anna fort. "Ich möchte Ihnen vorschlagen, dass Sie gar nicht versuchen, zu verstehen, um was es geht. Auch wenn es Ihnen schwerfällt: Sie müssen mir einfach vertrauen und daran denken, dass Sie es für Ihren Sohn tun. Glauben Sie, dass Sie das schaffen werden?"

Eva war in sich gespalten: Sie war es nicht gewohnt, nicht selbst zu bestimmen. Sie hatte bisher immer darauf bestanden, zu wählen, was mit ihr geschah und sorgfältigst alle Situationen vermieden, die sie an etwas oder jemanden ausliefern könnten. Auf der anderen Seite spürte sie die Kraft, die in diesem Moment von

Anna ausging und diese schien sie zu verzaubern und ihren Willen zu unterwerfen. Ja, sie vertraute Anna, ob sie es wollte oder nicht. Aber eigentlich missbilligte sie sich dafür.

Anna ihrerseits argumentierte ruhig und ohne einen Hauch von Zweifel, so seltsam ihr das eigenes Vorgehen auch vorkam. Es ging um das Kind. Und sie hatte keine Zeit, einen Gedanken an sich oder an die Gefühle von Eva zu verschwenden.

"Ich möchte, dass Sie etwas tun, das Ihnen als Spanierin nicht so fremd sein dürfte. Sie sind doch katholisch?" fragte Anna. Und als Eva nickte: "Dann dürfte Ihnen der Gedanke an Wallfahrten nicht fremd sein. Ich möchte, dass Sie jeden Tag eine kleine Wallfahrt unternehmen. Sie kennen den Dorfplatz mit dem Brunnen? Von dort geht ein Weg den Hügel hinauf. Folgen Sie diesem bis in den Wald. Nach einer Weile geht ein kleiner Trampelpfad rechts ab, ziemlich steil den Hang hinauf. Sie können von unten schon bald die Felswände sehen. Zu diesen gehen Sie. Wenn Sie rechts der Felswand entlang gehen, finden Sie schon bald eine Höhle. Gehen Sie aber noch weiter, denn diese erste Höhle wird oft von Spaziergängern besucht. Gehen Sie weiter bis zur dritten, kleineren Höhle. Dort werden Sie fast sicher ungestört sein."

Eva starrte mit weit aufgerissenen Augen auf Anna und war nicht fähig, einen Ton zu äußern.

"Pflücken Sie unterwegs ein paar Blumen." Anna sprach die Sätze wie eine ärztliche Verordnung. "Kein richtiger Strauß, einfach ein paar Blumen. Am besten weiße und gelbe. Diese Blumen bringen Sie in die Höhle, und zwar dem Menschen, der für Sie am wichtigsten ist. Überlegen Sie sich unterwegs, wem Sie diese Blumen bringen. Dem wichtigsten Menschen in Ihrem Leben."

Anna machte eine Pause, um zu sehen, ob Eva ihr

folgen konnte. Als diese zum Einverständnis nickte, fuhr sie fort:

"Bleiben Sie mindestens zehn Minuten lang in der Höhle. Nehmen Sie unbedingt eine Uhr mit, damit Sie die Zeit kontrollieren können. Setzen Sie sich hin. Versuchen Sie, an die Person zu denken, der Sie die Blumen bringen. Und ganz wichtig: Vergessen Sie nicht, zu atmen. Bitte denken Sie daran: Atmen Sie gut durch!"

"Haben Sie alles verstanden? – Gut. Und hier haben Sie ein paar Tropfen, rein pflanzlich, im Fall dass Sie nervös werden." Und Anna ließ ein kleines Fläschchen in die Hand der jungen Frau gleiten.

Eva saß still und perplex da. Ihr war, als ob sie träumte. Aber dann schüttelte sie zustimmend den Kopf. Nach einer Weile stand sie, immer noch total verwirrt, auf und ging ohne ein Wort zu sagen.

Anna schloss die Tür hinter ihr und flüchtete sich erschöpft in den Garten. Jetzt, wo alles gesagt war, fühlte sie sich ausgehöhlt und leer. Doch die aufkommende Mittagshitze berührte sie hart an den Beinen und brachte sie in die Realität zurück. Die dunkelgrünen Blätter der Krautstiele glänzten wie lackiert und schienen vor Glück zu strotzen. Eine schwarze Wanze mit roten Flecken bummelte gemächlich über ein Blatt und ließ die langen Fühler wippen. Ein nicht zu fühlender Wind ließ die Blätter des Apfelbaumes an den Spitzen schwirren. Ein goldenes Flimmern lag in der Luft. Und Anna konnte es auch in sich fühlen.

4

Wer hätte je gedacht, dass sich aus Anna, die einst als still und schüchtern galt, diese starke Frau entwickeln würde. Manche Leute kamen ihretwegen von weit her angereist. Und auch die Dörfler nannten ihren Namen mittlerweile mit Respekt. Sie lebte ruhig und zurückgezogen, doch man hörte, dass sie denen, die sie besuchten, die merkwürdigsten Hinweise und Befehle erteilte. Diese wurden widerspruchslos hingenommen, wenn auch nicht immer befolgt.

Anna war im Bergdorf aufgewachsen, damals hatten seinerzeit nur wenige Leute von dem kleinen Mädchen Notiz genommen. Und darum hatte auch kaum jemand bemerkt, wie viel Kraft und Bestimmtheit sich bereits in dem Kind Anna verbarg.

Es war in der Zwischenkriegszeit, als Annas Eltern ins Hochtal gezogen waren und sich am Rand des Dorfes auf einem großen Grundstück in einem verlotterten Haus niedergelassen hatten. Hinter vorgehaltener Hand wurde belächelt, dass sie sich auf diesen Kauf eingelassen hatten, später dann, als das Bauland im Dorf knapper und teurer geworden war, regten sich die Neider. Und dazu hatten sie Grund, denn Annas Vater hatte mit Geschmack und Geschick das Beste aus der noch vorhandenen Substanz des Hauses gemacht und es mit eigenen Händen von Grund auf renoviert: Zimmer um Zimmer hatte er Holzböden verlegt und die Decken weiß verkleidet, während seine Frau die Fensterläden neu bemalte, Vorhänge schneiderte und im Garten die verwilderten Beete von Unkraut befreite und mit ordentlichen Reihen von strammen Gemüsen bepflanzte.

Annas Eltern blieben Fremde im Dorf, die weder Freunde suchten noch fanden. Und als der Vater plötzlich starb, wurde die junge Frau noch deutlicher ins Abseits gedrängt, denn damals kam es noch einem sozialen Mangel gleich, verwitwet zu sein. Die kleine Anna war damals knapp vier Jahre alt.

Niemand im Dorf wusste, wovon Mutter und

Tochter lebten, aber da alles seinen gewohnten Gang weiterlief, kümmerte sich auch niemand besonders darum. Der Gemeindepräsident ließ von Zeit zu Zeit am Stammtisch verlauten, die beiden seien schon recht, und so glaubte man es. Sie waren wohlgelitten, mussten aber häufig ein etwas gönnerhaftes und mitleidiges Nachfragen über sich ergehen lassen, wenn sie sich unter die Dörfler wagten. Darum vermieden sie das Dorf, so gut es eben ging.

Dann kam das Jahr, in dem Anna in die Schule und damit täglich unter die Leute musste. Ein neues Leben begann, und zwar eines, das ihr gar nicht gefiel. Anna war die Stille im Haus und die Ruhe ihrer Mutter gewöhnt. Und nun waren da plötzlich Erwachsene, die sie mit abschätzenden Blicken musterten und ihr Fragen stellten, deren Sinn sie nicht durchschauen konnte. Und da waren ihre vielen Mitschüler, deren lautes Lärmen sie nicht begriff und deren Balgen sie einschüchterte. Der Unterricht selber aber nahm sie total gefangen und machte sie süchtig. Begierig erwartete sie jeden Tag das Neue: die neuen Buchstaben, die die Lehrerin als Figuren verkleidet auf die Wandtafel zeichnete, die Bilder von Tieren und Schiffen, die Tafel aus Filz, auf der Kartonfrüchte wundersam klebten, und all die tausend Dinge, die es in ihrem bescheidenen Zuhause nicht gab. Während des Unterrichts vergaß sie alles und jedes und lebte begeistert mit dem Lehrstoff, hielt die Hand hoch, plauderte zutraulich, war ganz gegenwärtig. Doch mit dem Schrillen der Pausenglocke verschloss sie sich, verkroch sich in einer Hülle aus Zurückhaltung und Stille, die offensichtlich so stark war, dass sie die andern Kinder fühlten und respektierten.

Anna hatte keine Freunde. Ihre Kameraden interessierten sie ganz einfach nicht. Hingegen beobachtete sie mit viel Aufmerksamkeit die Erwachsenen, mit denen sie nun langsam Bekanntschaft schloss. Da war der Schulabwart, der sich als grimmiger Herrscher über die Schülerschar gebärdete, dessen innere Zerbrechlichkeit Anna aber instinkthaft spürte, ohne zu wissen, dass er sich jeden Abend betrinken musste um das Ausmaß seiner Schwäche nicht zu fühlen. Da war der Lehrer der Oberstufe, der mit abwesendem Blick über den Schulhof ging, weil er sich auf so hohen Höhen meinte eingenistet zu haben, dass er die profane Welt und ihre Menschen nicht mehr richtig wahrzunehmen in der Lage war. Da war der gelegentliche Auftritt des Schul- und Gemeindepräsidenten zu beobachten, der gleichsam in einer rundlichen Wolke von Wohlgemeintheit einher schritt, den Kindern freundliche Fragen stellte und sogar auf die Antworten zu hören schien, aber alle Erwachsenen in einem Frost von künstlicher Steifheit erstarren ließ. Und die beobachtete Anna vor allem an der Lehrerin, für die sie im Laufe der Wochen einen fast mütterlichen Beschützerinstinkt entwickelt hatte. Und das kam so:

Die Lehrerin war ein zartes Geschöpf, das mit großen, runden Augen in eine Welt schaute, die ihr glänzend schön und nur hellblau und rosenrot erschien. Auf ihrem Planeten war alles eitel Sonnenschein, friedliches Bienenbrummen und glückliche Schäfchenwölkchen im milden Frühlingswind. Auf ihren Wiesen wuchsen keine Disteln, sondern nur die schönsten Blumen. Und Bäume voll von Äpfeln strotzten, die danach riefen, gepflückt zu werden. Auf den Feldern tummelten sich Hasen und Igel im freundlichen Gespräch. Durch die Wälder streiften keine Wölfe und Rotkäppchen blieb unbelästigt. Und die sieben Geißlein hüpften ungefährdet von Fels zu Fels. So blühte "das Fräulein" strahlend in seiner heilen Welt und ließ sich auch vom üblen Betragen der Bauernbengel nicht von der Meinung abhalten, dass alles wunderbar und gut sei. Diese aber, gereizt von ihrer Verletzlichkeit, erfanden die wildesten Geschichten über Elend und Übeltaten. Einer überbot den anderen mit Schreckensnachrichten und schlimmen Botschaften. Doch die Lehrerin wies alles mit unruhigem Blick hinter den Brillengläsern zurück und erklärte es als unmöglich. Aber je standhafter sie blieb und ihren glücklichen Planeten verteidigte, desto mehr eskalierten die Geschichten der kleinen Lümmel, die weder vor Inzest noch Mord und Totschlag zurückschreckten.

Anna beobachtete den Wettbewerb der bösen Buben, die sich mit schändlichen Geschichten zu übertreffen versuchten, mit Spannung und voller Mitleid für die liebenswürdige Lehrerin. Sie sah sie als ein Gänseblümchen, das leicht zertreten werden konnte. Und Anna, das wusste sie, würde sie nicht beschützen können. Das bereitete ihr den zweiten, bewussten Schmerz nach dem Verlust ihres Vaters: Eine tiefe Trauer, die sich aus Hilflosigkeit ergibt.

Anna zog sich also noch mehr in sich zurück. Sie sprach nur das Allernotwendigste und nur wenn sie angesprochen wurde. Ruhig aß sie ihr Pausenbrot in einer Ecke des Hofes, still kehrte sie in die Schulbank zurück und augenblicklich begab sie sich auf den Heimweg, wenn die Schule zu Ende war. Dass die andern Kinder sie ihrer Wege gehen ließen, ohne sie zu belästigen, hing wohl damit zusammen, dass sie nicht schüchtern und verloren, sondern gesammelt und konzentriert erschien. Und dies hielt selbst die wildesten Bengel von Angriffen ab.

Anna war sich ihrer Sonderstellung keineswegs bewusst. Sie tat einfach, was ihr gefiel. Und es gefiel ihr nicht, mit den lärmenden Kindern zu lärmen und mit den streitenden Kindern zu streiten. Auch hatte sie nie schmeicheln gelernt, und es nie auf sich genommen, die

unausgesprochenen Wünsche von Erwachsenen frei-
willig zu erfüllen, wie es das Schicksal von vielen
Kindern verlangt. Ihre Mutter war eine ruhige Frau, die
ihr Kind von Grund auf respektierte und klare Signale
gab, welches Verhalten erwünscht war und welches
verpönt, und weshalb das so war. Und Anna hatte sich
immer willig angepasst. Hier im Dorf aber, wo un-
terschwellige Erwartungen wie ein Dauerregen auf die
Kinder prasselten, blieb sie unberührt. Sie spürte den
Druck, kam aber gar nicht auf die Idee, dass jemand
erwarten könnte, dass sie sich danach richtete. So blieb
sie ein Außenseiter. Und auch von den Erwachsenen
unangefochten, weil sie sich mit einer solchen
Sicherheit und Selbstverständlichkeit verweigerte, die
nur als Stärke ausgelegt werden konnte und
unterschwelligen Respekt auslöste. Auch sagten sich die
Erwachsenen, denen es nicht gelang, sie gefügig zu
machen, sie sei einfach zu scheu um zu gehorchen.

Anna liebte ihre Einsamkeit. Bei schönem Wetter
verbrachte sie fast alle freien Nachmittage im Wald.
Ohne Ziel und Zweck spazierte sie über die fast
unsichtbaren Wege, die vom Wild oder von Pilz-
suchern ins Unterholz gezogen worden waren. Sie
beobachtete, welche Kräuter im Wechsel der
Jahreszeiten wuchsen und blühten. Sie beobachtete
fasziniert, die sich verändernde Skala des Grün: Vom
fast weißlichen Lichten zum dumpfen Dunklen und
dann die Verwandlung ins Goldige, Kupferne, Braune.
Sie registrierte die Farbunterschiede der Rinden je nach
dem Alter der Zweige und sie sah die verschiedenen
Böden, die lockeren und die zusammengebackenen, die
steinigen und die aus Nadeln. Am meisten aber liebte
sie das ganz zarte Gras, auf dem im Frühsommer die
Graslilien ein durchsichtiges Schäumchen bildeten.
Dann setzte sie sich auf einen Baumstrunk oder auf
einen Stein, und schaute und schaute, und versank in

die Zeitlosigkeit und in ihre ganz eigene magische Welt.

Anna ahnte Zauberdinge, die sich in den Büschen verbargen. Vielleicht stand da das weiße Pferd eines Prinzen in den Blättern verborgen, mit edelstein-besetztem Saumzeug. Und ein blondgelockter Prinz mit schwarzen Augen beobachtete sie, ohne dass sie es merkte? Und da, waren da nicht Tritte zu hören? War das ein Einhorn? Oder vielleicht der verzauberte Hirsch, der ein Licht in seinem Geweih trug? Oder gar ein gefährlicher Dämon, der ihr auflauerte? Je älter Anna wurde, desto klarer war ihr, dass das Geräusch mit größter Wahrscheinlichkeit von einer Maus oder einer Amsel stammte. Aber trotzdem erhielt sich in ihr das Gefühl, dass Wunder möglich sind, dass im nächsten Augenblick etwas geschehen könnte, was plötzlich alles verändert, dass die Zukunft uns allen eine Auswahl von hunderttausend Möglichkeiten bereit hält. Und wenn sie einem Vogel oder Eichhörnchen zusah, war ihr, als verbinde sie eine innere Über-einkunft mit den kleinen Feder- und Pelzwesen, als sprächen die glänzenden Knopfaugen, als verstünden sie sich und genössen zusammen diesen Moment von stille stehender Zeit, über dem sich der Friede ausbreitete wie goldenes Licht.

Und wenn Anna dann langsam nach Hause trottete, mit abwesendem Blick für alles, was ihren Frieden stören konnte, dann fühlte sie in ihrem Bauch eine Kraft, von der sie nicht hätte sagen können, ob es Wärme oder Helligkeit sei. Aber es war da etwas, was sie ganz in sich hineinnahm, und das ihr Geborgenheit und eine tiefe freudige Zufriedenheit verschaffte.

Die Jahre vergingen. Anna wuchs heran. Sie ging nun in die nächstgelegene Stadt zur Bezirksschule. Eine ganz neue Welt tat sich auf und verdrängte die stillen Nachmittage des Bergdorfes. Die Ruhe in ihrem Mutterhaus, der Frieden von Garten und Wald, das abgelegene Tal mit den hohen Bergen erschienen ihr plötzlich unwirklich. Und sie fühlte in sich die Sehnsucht, die Wirklichkeit der Menschen zu teilen, unter denen sie sich nun mehr und mehr bewegte.

Sie betrachtete die Leute frühmorgens im Bus, die Kinder und Jugendlichen, die zur Schule und die Erwachsenen, die zur Arbeit fuhren. Und sie sah Menschen, belastet von ungeträumten Träumen und von der Schwere des frühen Aufstehens, das sie in einen freudlosen Tag führte. Sie sah sie durch die Morgendämmerung wie durch brackiges Wasser waten. Und sie spürte, sie gingen in unbekannte Welten und erlebten fremde und schwere Schicksale, von denen sie bisher nichts geahnt hatte. Und Anna wollte mehr wissen und erfahren, selbst wenn es auf Kosten ihres inneren Friedens ging.

An der Schule waren es die Lehrer, konservative und progressive, die offensichtlich mehr als Anna wussten und ihre Neugier weckten. Wieder war sie gebannt von den Hinweisen auf Wissenschaft und Kunst und Künstler. Und wieder kannte ihre Wissbegier und ihr Eifer keine Grenzen. Anna entdeckte, wie wenig sie wusste und wie viel sie gerne wissen wollte. Sie begann hungrig und gierig zu lesen, was ihr zwischen die Finger kam, Sachbücher und Romane, Triviales und Tiefgründiges. Sie besuchte Ausstellungen und betrachtete mit riesigen Augen die großartigen und merkwürdigen Werke, die Kunst ausmachen. Sie ging so oft wie möglich ins Kino und besuchte viele Konzerte. Und saugte alle Eindrücke in sich auf wie ein Schwamm, beobachtete die Perlenkette der Frau des Schulrektors genau so interessiert, wie sie die Kadenzen des zweiten Satzes von Mozarts drittem Violinkonzert verfolgte. Mit Neid beobachtete sie ihre Schulkameradinnen, denen all dies geläufig schien, die Theater und Restaurants mit einer Selbstver-

ständlichkeit betraten, wie Anna sie kaum im Dorf-
laden aufbrachte. Diese jungen Mädchen wussten
genau, was man zu welcher Gelegenheit trägt und wo
man sich an die Regeln halten musste und wo man
diese verletzen durfte. Vor allem aber sah sie mit
Wehmut, wie sie ohne Schwierigkeiten mit Lehrern
diskutierten, mit jungen Männern schäkerten, mit
Verkäuferinnen stritten, während Anna still dabei stand
und den Satz, der sich in ihr formte, nicht über die
Lippen brachte. Und weil traurige Leute immer auch
irgendwie böse sind, erlebte Anna nun manchen
inneren Aufruhr: Wut gegen ihre Herkunft, die ihr so
vieles verbaute, Verachtung für ihre Mutter, die ihr
Leben im Rückzug zu verdämmern schien, Neid und
Missgunst gegen alle, die besser zu leben verstanden als
sie. Und so blieb sie so einsam und in sich verschlossen
wie eh und je.

Ihre Innenwelt aber wurde reicher und farbiger durch
das Viele, was ihr nun begegnete. Wie früher in die
Stille des Waldes, verlor sie sich nun in die Musik,
erlebte die Intensität eines jazzigen Trompetensolos als
Riss durch Seele und Leib. Sie spürte den Schmerz und
die Zerrissenheit, den die wilden Künstler der
Zwanzigerjahre in ihren scharfen Farbkontrasten und
zerfetzten Formen ausdrückten. Sie verwehte in den
Lauten und Reimen von Gedichten, die inneres Weh in
Klang verwandelten, der sich wie ein weicher Verband
auf die selbstgeschlagenen Wunden legte. Anna
trainierte ihre Seele, streckte sie, dehnte sie bis zur
Schmerzgrenze und wurde dadurch geschmeidiger und
beweglich.

Was sollte aus ihr werden? Die Zeit der Berufswahl
rückte näher und näher. Von Anna wurde ein
Entscheid verlangt, den sie, wie alle jungen Menschen,
gar nicht fällen konnte, weil sie die Welt noch nicht
genügend kannte, um die Möglichkeiten und

Auswirkungen einer Berufswahl überhaupt abschätzen zu können. Sie hatte mehrere Begabungen und spürte auch verschiedene Neigungen, aber nichts war eindeutig und klar. Dazu kam ein innerer Druck und ein Drängen, das sie in eine bestimmte Richtung zu schieben schien. Aber sie konnte nicht wahrnehmen, wohin.

Doch diesmal war die Möglichkeit einer Flucht nach innen verwehrt. Sie musste hinaus. Und sie wollte es auch – weg, weg von all dem, was sie für ihre innere Unsicherheit verantwortlich machte: das Tal, das Dorf, die Mutter. Also beschloss sie, weg zuziehen und irgendwo Sekretärin zu werden.

5

Nun lebte Anna in der geschäftigen und lichtdurchfluteten Großstadt am Genfersee. Die Jahre der Unsicherheit waren vorbei. Sie hatte ihre Ausbildung mit der für sie typischen Konzentration und Intensität und darum mit großem Erfolg hinter sich gebracht. Danach ließ sie sich als Sekretärin bei einem populären Politiker anstellen. Dadurch kam sie mit so vielen Menschen in Kontakt, dass sie sich, gleichsam nebenher, einen leichten und lockeren Umgangston erwarb. Die ersten zögernden Flirts hatten stattgefunden und sich gelegentlich in kurze und manchmal auch intensive Beziehungen verwandelt. Anna hatte Erfahrungen gesammelt, verschiedene Männer und damit auch sich als Frau besser kennengelernt. Inzwischen war sie achtundzwanzig, ganz sicher, ganz zuverlässig, ganz tüchtig, gelobt und beliebt, gut bezahlt, aber ein wenig einsam.

Schließlich, zwei Jahre zuvor, war sie in die Stadt am See gezogen, der viele, internationale Institutionen und diplomatische Niederlassungen ein ganz besonderes Flair verliehen. Von einemunerklärlichen inneren Drang getrieben, hatte sie Freund und Freunde zurückgelassen und ihren Lebenszug auf ein neues Gleis gesetzt. Sie nahm eine Stellung in einem Anwaltsbüro an, wo ihre Tüchtigkeit sofort angenehm auffiel. Und als dann in der Abteilung für Immobilienverwaltung der Leiter wegen unsauberen Geschäften entlassen werden musste, wurde ihr der Direktionsposten angetragen. So hatte Anna Karriere gemacht.

Sie war verantwortlich für Vermietung und Unterhalt von mehreren größeren Wohnobjekten, die für die Klientel des Anwaltbüros verwaltet wurden. Und diese Arbeit gefiel ihr, weil sie konkret und lebendig war. Anna pflegte einen ausgezeichneten Kontakt zu ihren Mietern. Sie kannte sie alle, kümmerte sich um die, welche Sorgen hatten, wies diejenigen, die unangemessene Ansprüche stellten, mit ruhiger Sicherheit in die Schranken und bat, durch direktes Fordern verbunden mit freundlichem Geplauder, säumige Zahler unwiderstehlich zur Kasse. Sie vermittelte mit Humor und Charme zwischen zerstrittenen Parteien. Sie organisierte nachbarschaftliche Hilfe, wo sie es für nötig fand. Und sie setzte sich unparteiisch für beide Seiten ein, für die Mieter und für die Besitzer, so dass sich schließlich harmonisch funktionierende, kleine Lebensgemeinschaften bildeten, die allen Seiten zugute kamen.

Sie selber wohnte in einem Wohnblock über dem Fluss in einer kleinen Wohnung, von deren Terrasse aus sie das fast noch wilde Wasser unter sich fließen sehen konnte. Je nach Wetter spielte seine Farbe zwischen reichen Grau- oder sumpfigen Grüntönen, in denen helle Gischtschäumchen schwammen, dort wo ein Stein den Wasserstrom unterbrach und ins Wirbeln brachte. Das ständige Rauschen des Flusses übertönte das fast ebenso beständige Geräusch des Verkehrs auf der andern Seite des Hauses. Dieser Geräuschteppich beruhigte Anna und erinnerte sie an das Rauschen des Windes in den Bäumen rund um ihr Elternhaus. Und obwohl sie vom Alltag einer großen Stadt und der Hektik der täglichen Arbeit gefangen war, fand sie hier am Fluss, halb unbewusst, die Freiheit und Ruhe ihrer Kindheits-Nachmittage im Wald wieder.

An diesem Juni-Nachmittag war Anna zu Fuß von zu Hause ins Büro gegangen. Sie war dem schattigen, weichen Weglein dem Fluss entlang gefolgt. Fast war ihr unter den Bäumen etwas kühl geworden, denn der Sommer hatte sich noch nicht mit den gewohnten Temperaturen gemeldet. Noch hatte sie das Vogelzwitschern im Ohr und schien den federnden Boden unter den Füssen zu spüren, als sie sich nun an den Schreibtisch setzte und nach dem ersten Dossier langte, das bereit lag. Ein Mieter ersuchte um die Zuteilung einer größeren Wohnung im gleichen Wohnblock ..."und da ich gehört habe, dass in der obersten Etage etwas frei wird, möchte ich Sie bitten..." - da klingelte das Telefon. Die Sekretärin meldete den Besuch von Signor Ochoa.

"Er soll bitte hereinkommen", sagte Anna.

Als sich die Tür öffnete, erhob sich Anna um ihm entgegen zu gehen, das heißt, sie wollte sich erheben. Doch im Moment, als ihr Besucher zur Tür herein trat, fuhr ihr ein solcher Stich ins Herz, dass sie für einen Moment atemlos und wie gelähmt an der Kante des Schreibtischs hängen blieb. Später hoffte sie, dass sie den Mund nicht vor Schreck aufgerissen und offen stehen gelassen hatte.

"Guten Tag, ich bin Brian Ochoa und Ihnen von der Spanischen Botschaft befohlen worden", sagte der Besucher, der nichts von Annas Schwierigkeiten zu bemerken schien, während diese ihrerseits den sprachlichen Lapsus des jungen Mannes nicht beachtete, der offensichtlich die Landessprache nicht ganz beherrschte und "empfohlen" mit "befohlen" verwechselte.

Er war mittelgroß, brünett und hatte den dunklen Hautton von Menschen, die in der beständigen Sonne des Südens aufgewachsen sind. Sein dichtes Haar war kurz geschnitten, seine dunklen Augen lagen ziemlich tief und die Nase dazwischen hatte einen ganz leicht gebogenen Rücken. Das Bemerkenswerteste aber waren seine Lippen, die voll waren, von dunkler Farbe und von sehr deutlichen, dunklen Rändern begrenzt. Ihr Anblick versetzte Anna, die sich inzwischen gefasst und aufgerichtet hatte, einen zweiten, wenn auch leichteren Stich.

"Ja, ich habe Sie erwartet", sagte Anna. Und: "Setzen Sie sich bitte."

Sie war nun wieder ganz sie selbst und langte geschäftig in die Schublade nach den Papieren, die sie für ihn vorbereitet hatte. "Ich habe im Moment drei Objekte, die für Sie in Frage kommen.."

Sie breitete Pläne und Fotografien vor ihm aus. Er aber schaute gar nicht auf die offerierten Wohnungen, sondern ganz gerade und direkt in ihr Gesicht. Sein Blick war forschend, interessiert, ohne Unver-schämtheit und übertriebene Selbstsicherheit. Es waren die Augen eines ernsten Kindes, das neugierig ist und wissen will.

Anna wurde befangen und bemühte sich, seinem Blick auszuweichen um nicht noch befangener zu werden. Sie hasste ihre Unsicherheit und diese Situation, in der sie sich plötzlich schwach fühlte. "Wir können selbstverständlich die Wohnungen besich-tigen", sagte sie, ganz geschäftig und in der Hoffnung, ihre normale Verfassung zurückzugewinnen.

"Ach ja, gern", antwortete er sehr schnell. "Fahren wir hin. Ich möchte, dass Sie mir alles zeigen." Und in seinen Augen lag eine so warme Freude, dass Anna erschrak.

Am Steuer ihres kleinen Wagens, konfrontiert mit dem Verkehr einer viel befahrenen Kreuzung, gewann Anna ihr Gleichgewicht zurück. Sie schalt sich innerlich wegen ihrer vorherigen Schwäche und verwickelte ihren Fahrgast in eine ausgedehnte Plauderei. Sie fragte ihn, wie er in diese Stadt gekommen sei und er gab ihr bereitwillig Auskunft.

Er war neu seiner Botschaft zugeteilt worden, Spanier, in Argentinien aufgewachsen, Mutter Engländerin. "Darum heiße ich Brian", sagte er, und sofort die Gelegenheit beim Schopfe packend: "Nennen Sie mich doch Brian!" Anna begann sich zu amüsieren über das Tempo, das er anschlug, aber weil er so schalkhaft und ernsthaft gleichzeitig dreinblickte, nannte sie ihm fast selbstverständlich auch ihren Vornamen. Und er sagte: "Anna, das gefällt mir, weil man es von beiden Seiten lesen kann." Und Anna, die sich geschmeichelt fühlte, wie weich er ihren Namen aussprach, war, vielleicht zum ersten Mal, ein bisschen stolz auf diesen Namen.

Dann besichtigten sie die Wohnungen. Aber irgendwie schien für Brian alles nur ein Vorwand zu sein um sich wie ein Kind zu amüsieren. Er japste lustig auf den langen Treppen, er witzelte über die mäßig geschmackvollen Tapeten, stellte imaginären Champagner in reale Kühlschränke und erfand die wildesten Gerichte, die er im Bratrohr der besichtigten Küchen schmoren wollte. Und jeder Ausblick aus den Fenstern brachte ihn auf eine neue, meist aberwitzige Idee und lockte eine weitere wilde Geschichte über Bäume, Autos, Nachbarn und Vögel und über das Leben überhaupt aus ihm heraus. Anna beobachtete atemlos seine Vorstellung und unterhielt sich besser als je zuvor in ihrem Leben. Und schon bald fühlten sie sich komplizenhaft verbunden und vertraut wie alte Freunde.

Schließlich hatten sie die dritte Wohnungsbesichtigung hinter sich gebracht und standen vor der Haustür. Der Moment der Trennung war gekommen. Brian hatte sich für die zweite Wohnung entschieden. Anna hatte versprochen, ihm alle notwendigen Papiere auf die Botschaft zur Unterschrift zu schicken. Damit wäre alles geregelt.

"Der weitere Kontakt läuft über die Bank..." Anna streckte die Hand aus, aber Brian nahm sie nicht. Sie waren beide plötzlich wortlos und beklommen. In diesem Moment auseinander zu gehen, schien schmerzhaft und unmöglich.

"Darf ich Sie zu einem Kaffee einladen, nachdem Sie mir so unerhört tüchtig eine so teure Wohnung angedreht haben?" Brian versuchte die schwere Stimmung mit einem Scherz zu verscheuchen. Anna nickte nur und merkte gar nicht, dass sie aufatmete. Der leichte Ton war wieder gefunden und hüpfte nun wie ein Bergbächlein weiter, während sie sich in einem Bistro schräg gegenüber unter einen Baum setzten, einen Kaffee und dann einen Drink und noch einen Drink bestellten. Ihr Gespräch berührte Gott und die Welt und die Leute an den Nebentischen. Nur über sich selber sagten sie nichts. Und sie achteten sorgfältig darauf, keine Gesprächspause eintreten zu lassen, weil die Stille ihnen die Gelegenheit gegeben hätte, nachzudenken, was sich eigentlich zwischen ihnen abspielte. Sie waren bereits beim Du angelangt und Anna hatte im Gespräch ein paar Mal Brians Arm berührt und Brian Annas Hand.

Schließlich waren sie so lange gesessen, dass es wirklich Zeit war, zu bezahlen und aufzustehen und sie bezahlten und standen auf und gingen zum Auto. Und dabei wurden sie still und stiller. Vor dem Auto sagte Brian: "Anna, ich kann Dich noch nicht gehen lassen. Bitte schick mich nicht weg!" Und Anna dachte an die Arbeit, die sie eigentlich noch zu erledigen hatte und sie dachte, wie verrückt die Situation sei, aber sie spürte Brian neben sich und sie wollte auch nicht, dass er nicht mehr da wäre. Und so sagte sie: "O.k., wir fahren noch zu mir." Und verbiss sich die Worte, "aber total unverbindlich." Es hätte in diesem Moment einfach nicht gepasst. Und sowieso hatte sie bereits totales Vertrauen in die Situation und in Brian gefasst.

Im Auto legte Brian seine Hand an ihren Hals und sie lehnte sich unwillkürlich zurück, um die Berührung zu verstärken und deutlicher zu fühlen. Und sie tat es so selbstverständlich, dass sie sich wunderte.

In der Wohnung über dem Fluss umarmten sie sich, kaum war die Türe hinter ihnen ins Schloss gefallen. Und ihre Körper passten aneinander, als ob sie aus einem Stück wären. Nichts drückte, nichts eckte an, nichts war fremd. Alles stimmte. Der Geruch der Haut, die Elastizität des Fleisches, die Wärme zwischen ihnen, der Druck der Arme, alles war gut, schien wohl bekannt und unausweichlich richtig. So hielten sie sich und atmeten tief und ruhig, bis Anna den Kopf hob und Brians Lippen suchte. Und während sie sich küssten, fühlte sie zum ersten Mal im Leben bewusst den Boden unter ihren Füssen. Und eine Kraft stieg durch sie hoch wie ein Jauchzen.

Die Zeit blieb stehen.

Dann kam der Moment, wo beide atemlos wurden und die Umarmung lockerten, um wieder still und zufrieden dem Atem des andern zu horchen. Und so standen sie und standen, bis Anna Durst hatte.

"Lass uns etwas trinken", sagte sie.

Es war noch früher Abend, als sie sich auf den

Balkon setzten. Die Ewigkeit hatte keine halbe Stunde gedauert. Und nun saßen sie da, verwundert über alles, was geschehen war, wieder etwas distanzierter und fremder, die Körper aber sich ganz vertraut, sich suchend. Beide probierten im Kopf Sätze aus um die Stille zu durchbrechen. Brian wollte fragen, ob Anna allein lebte, und Anna wollte fragen, ob Brian immer so schnell zur Sache käme, aber beide spürten die Unangemessenheit solcher Fragen und so blieben sie stumm, nippten bedächtig am Glas, horchten auf das Rauschen des Flusses und beobachteten, wie die Dämmerung aus den Baumschatten hervorkroch und das Grün vergrauen ließ. Und immer wieder griffen sie nacheinander, streichelten sich die Hände, berührten sich an der Wange, zeichneten mit Fingerspitzen Augenbrauen und Lippen nach, verschmolzen wieder in einem Kuss um daraus zu erwachen, als ob sie eben erst geboren worden wären.

Es fing an zu dunkeln, als Anna hineinging um etwas zum Essen zu bereiten: Sie legte Tomaten und Früchte auf einen Teller, stellte Käse und Brot auf den Tisch, eine Flasche Wein und eine Karaffe Wasser. Lachend bestätigten sie sich, dass sie Hunger hätten und doch brachten beide kaum einen Bissen hinunter. Anna beobachtete Brian, wie er Brot und Käse schnitt, und sie liebte seine kräftigen und gut modellierten Hände, auf deren glatten Rücken die Sehnen spielten. Sie bewunderte den rosa Glanz seiner Nägel, die Härchen am Handgelenk durch deren Wirbel sich das Band der Armbanduhr zog. Und sie spürte die Berührung der Fingerspitzen mit, wenn Brian nach dem Glas Griff oder eine Frucht drückte um deren Reife zu testen. Und sie verspürte den Wunsch, diese Hände an sich zu reißen, sie zu küssen und auf ihr Herz zu legen.

So viel sie sich am Nachmittag erzählt hatten, so schweigsam waren sie jetzt. Es gab nichts zu sagen. Es war, als ob es nichts Wichtiges zu sagen gäbe oder, als ob alles Wichtige bereits gesagt worden wäre, irgend einmal, irgendwo. Es gab nur diese totale Aufmerksamkeit für die Präsenz des andern, für jede Bewegung, für jeden Wechsel des Ausdrucks. Und als sie sich nun über den Tisch in die Augen blickten, spürten sie, dass sie Distanz nicht länger ertragen konnten. Der Sog des Blickes zog sie zueinander, duldete den Abstand, den der Tisch zwischen ihnen schuf, nicht länger. Und während das Blau ihrer Pupillen mit seinen braunen verschwamm, stießen ihre Körper wieder aufeinander und jeder mögliche Quadratzentimeter suchte sich so fest wie möglich an sein Gegenüber zu pressen. Und die Atemlosigkeit kam wieder über sie und Anna dachte: "Ich will Dich." Und Brian sagte: "Ich will Dich" mit einer Stimme, die zu brechen schien.

Nun fielen sie mit fast fiebrigen Finger übereinander her und suchten Knöpfe und Haken um sich von dem zu befreien, was sie noch trennte, in wilder Suche nach Haut und noch mehr Haut, nach Duft und noch mehr Duft. Als Anna schwankte, nahm Brian sie auf den Arm und trug sie ins Schlafzimmer. Er fand die richtige Tür auf Anhieb.

6

Der Wecker schrillte und holte Anna in eine neue Welt und in ein neues Leben. Verwundert blickte sie sich um. Der vertraute Raum schien plötzlich ganz anders und fast fremd, farbiger, leuchtender, interessanter. Voller Neugier studierte sie die Bilder an den Wänden, als ob sie diese zum ersten Mal sähe. Dann starrte sie verwundert auf die Vorhänge, hinter denen sich die Föhren wiegten. Ihr Blick verlor sich im hellen Schein des Sonnenlichts, während sie versuchte, sich zurecht zu finden. Und plötzlich drehte sie sich um und sah Brian, der zusammengerollt wie ein junges Tier neben ihr lag und schlief. Das Blut pulste in seiner Halsschlagader und seine Brust hob und senkte sich im Rhythmus seines tiefen Atems. Sie betrachtete ihn bewegungslos und zog seinen Duft ein, der sich mit ihrem mischte. Das Tageslicht spiegelte sich in seinem dichten Haar und unter seinen Wimpern lag ein zarter Schatten, den sie gerne weggeküsst hätte. Aber sie wollte ihn nicht stören. So hielt sie sich ganz still und fühlte sich überreich. Und etwas weitete sich in ihr und ein Glücksgefühl strömte durch jede Zelle ihres Körpers.

Und diese Welle voll Reichtum und goldener Freude trug sie durch den ganzen Sommer. Alles schien zu leuchten. Alles schimmerte in einem überirdischen Glanz und strahlte eine tiefe Bedeutung aus. Und zwischen den Dingen schwebte Anna. Anna in Erwartung von Brian, in seiner Umarmung, die nicht endete, wenn er sie am Morgen mit einem langen Kuss ins Büro entließ.

Sie erledigte ihre Arbeit ohne Anstrengung und mit traumwandlerischer Sicherheit. Sie verhandelte wie immer, inspizierte Mietobjekte, beugte sich stundenlang über die Zahlenreihen ihrer Computer-Listen, alles wie zuvor. Aber etwas in ihr war anders, losgelöst. Sie hatte das Gefühl, nicht ganz bei sich zu sein. Ein unsichtbarer Nebel lag zwischen ihr und den Aufgaben, die sie zu erledigen hatte. Manchmal verlor sie sich in diesem Nebel. Dann kämpfte sie um Konzentration, um ihre Arbeit, die Mieter und die Vermieter gebührend ernst zu nehmen. Kleine Flüchtigkeitsfehler waren die Folge, die sie aber, entgegen ihrer sonstigen Art, kaum erschreckten.

Anna spürte eine pulsierende Freude in sich. Sie

lebte. Und sie lebte für die Stunden, die sie mit Brian teilte. Sie trafen sich jeden Moment, den sie nicht im Büro und er nicht auf seiner Botschaft verbringen mussten. Manchmal sahen sie sich sogar in der Mittagspause, weil ein ganzer Tag zu lang für eine Trennung schien. "Lass uns zusammen essen", sagte dann Brian, wenn sie vor dem Kleiderschrank stand und sich überlegte, was sie anziehen sollte. Und dann wählte sie mit Bedacht, was Brian ihr besonders gerne ausziehen würde: ein Kleid mit Knöpfen auf der Brust oder mit einem tiefen Ausschnitt im Rücken.

Anna war feine, schlanke, etwas herbe Brünette. Sie beeindruckte, weil sie Kompetenz und Sicherheit ausstrahlte. Aber sie rührte auch, weil aus ihren blauen Augen öfter eine fast kindliche Offenheit strahlte, die jeden an sein besseres Ich erinnerte, an eine ursprüngliche Unschuld, die voller Vertrauen war. Sie trug ihr gewelltes Haar kinnlang geschnitten, was jugendlich wirkte, weil es von wuscheliger Fülle war und weil sie es gerne schüttelte, wenn sie lachte oder ernsthaft diskutierte. Sie kleidete sich einfach, fast immer in starken, klaren Farben und liebte es, ihre Taille mit schönen Gürteln zu betonen. Und das stand ihr sehr gut, weil ihre Hüften bei aller Schlankheit einen weichen, runden Schwung hatten, den Brian über alles liebte. Er konnte nicht satt werden, mit den Händen wieder und wieder Annas Hüftlinie nachzufahren und die Weichheit und Festigkeit ihrer Muskeln zu genießen. "Keine Frau ist so gut zu berühren wie Du", sagte er. Und sie gab sich ihm willig, wann immer er nach ihr griff und beugte und streckte sich unter seiner Berührung wie eine schnurrende Katze.

Kein Schatten fiel in diesen Tagen und Wochen über die beiden. Anna, die sich fremd in sich fühlte, wenn sie allein war, wie leicht betrunken und nicht ganz zurechnungsfähig, wurde ganz die alte, zuverlässige und zugriffige Anna, wenn sie mit Brian zusammen war. In seiner Gegenwart fühlte sie sich lebendig und vibrierend, ihr Kopf war klar, und sie spürte eine Zuversicht und eine Geduld, die sie an sich bisher nicht gekannt hatte. War sie mit Brian in einem Raum, dann fiel jede Unruhe und jede Spannung von ihr ab. Der unsichtbare Dunst einer unerklärlichen Sehnsucht löste sich auf: Nichts war mehr nötig, nichts musste sein. Alles war gut, jetzt, wo sie zusammen waren. Und Brian war da, ließ ihren blauen Blick in seine dunklen Augen sinken, lächelte sein Lächeln, verpackte sie in tausend Zärtlichkeiten oder griff mit so leidenschaftlicher Festigkeit nach ihr, dass Anna sich für immer gehalten fühlte.

Sie sprachen wenig, es gab nichts zu sagen. Es wurden keine Fragen gestellt und keine Pläne ausgeheckt. Anna und Brian lebten von Stunde zu Stunde und von Tag zu Tag. Sie waren sich ihrer gewiss. Die Zukunft brauchte nicht organisiert zu werden. Und so vergingen die Wochen in einer unglaublichen Harmonie und Freude.

Eines Tages, es war inzwischen September geworden, wedelte Brian mit zwei Flug-Tickets in der Luft herum und sagte: "Nun ist es aber höchste Zeit, dass ich Dich zu mir nach Hause bringe." Und Anna lachte und freute sich. Sie beurlaubte sich im Büro und packte ihren Koffer.

Selige Inselferien warteten auf sie. Denn "Zu Hause", das war für Brian Lanzarote. Er war ein Einzelkind wie Anna. Sein Vater, der ebenfalls Diplomat gewesen war, hatte auf einer Mission in London Brians Mutter, eine nicht wenig begüterte Tochter aus dem schottischen Landadel, geheiratet. Das Paar wurde bald darauf nach Argentinien versetzt, wo Brian zur Welt kam und zur Schule ging. Später kehrte die Familie nach Spanien zurück. Und nach der Pensionierung kauften sich

Brians Eltern ein Landgut auf der Vulkaninsel Lanzarote. Und diese Hacienda erbte Brian, als seine beiden Eltern bei einem Autounfall ums Leben kamen.

"Lanzarote ist eine schwierige Insel. Entweder man liebt sie oder man flieht sie", erklärte Brian und lachte, "wie mich." Und Anna staunte wieder einmal über seine Selbstsicherheit, die ihn wie eine Sonne strahlen ließ. Was immer er tat, Brian hatte die ungebrochene Gewissheit, richtig zu sein und das Richtige zu tun. Und Anna glaubte ihm alles und alles erschien ihr ebenfalls einfach und richtig. Und so wunderte sie sich nicht, dass ihn alle zu bewundern und zu lieben schienen, die ihm begegneten. Und auch auf dieser Reise waren die Zöllner betont freundlich, der Steward platzierte sie in der ersten Klasse, die Hostess bediente sie mit besonderer Aufmerksamkeit, und die Dame, die in der gleichen Sitzreihe saß, setzte zu einem flirtenden Lächeln an, das Brian amüsiert und mit Augenzwinkern zu Anna erwiderte.

Anna genoss den Flug. Sie sah die Zacken der Meerenge von Gibraltar, dann die braune Erde Afrikas unter sich wegziehen und dann glitzerte das Meer unter ihr, silbergrau wie flüssiges Blei. Sie lehnte sich an Brians Arm, der auf der Lehne lag und genoss dösend seine Wärme. Und schon nach wenigen Stunden landeten sie.

Anna sah nun zum ersten Mal die kahle, verbrannte Erde, in der die gerade Piste wie ein Fremdkörper lag, die braunen Hügel, rund wie die Rücken riesiger Tiere, das Meer in seiner unfasslichen Bläue und die vom Wind gepeitschten Wolkenfetzen im eben so unglaublich blauen Himmel: Und diese Bilder gruben sich in Anna ein, veränderten sie in einem einzigen Augenblick. Sie spürte, dass Lanzarote auch ihre Insel sei.

Sie stand auf der asphaltierten Piste, aber unter diesem dünnen Firnis der Zivilisation spürte sie das

Feuer, das unter dieser Insel glühte und das sie zu einem lebendigen Wesen machte, jederzeit fähig, sich zu bewegen, auszubrechen und Feuer und alles erstickende Lava zu speien, wie damals, zum letzten Mal 1730, als sich nachts zwischen neun und zehn die Erde öffnete. Innert weniger Stunden war ein riesiger Berg gewachsen, aus dessen Spitze neunzehn Tage lang wilde Flammen züngelten. Die ausströmende Lavaglut floss schnell wie Wasser und begrub mehrere Dörfer unter sich. Viehherden erstickten in den giftigen Dämpfen. Das Dorf Mancha Blanca blieb durch ein Wunder verschont, weil die schwarze Masse dank des Gebets eines einfachen Bauern zum Stillstand kam. Der barmherzigen Madonna wurde aus Dankbarkeit eine Wallfahrtskiche errichtet.

Anna stand neben der Flugzeugtreppe und fühlte, wie sich das Feuer noch immer unter ihren Füssen regte: Diese unzähmbare Macht aus dem Erdinnern, die in Urzeiten aus den Tiefen des Ozeans aufgestiegen war, mit dem Wasser zusammenprallte, sich nicht löschen ließ und diese Insel gebar, unendliche Lavamassen in schwarz und braun und rostrot hervorstoßend, an denen sich zischend und dampfend die Wellen des Atlantiks brachen. Und diese Kraft war noch immer lebendig, behauptete sich unter der dünnen, braunen Kruste der Feuerberge, döste, und ließ es sich gefallen, von schaulustigen Touristen für kleine Kunststückchen missbraucht zu werden.

Anna schauderte, weil sie eine Kraft in sich spürte, die derjenigen der Insel glich. Eine unzähmbare Energie, die niemals ermüdete, die über alle Gegensätze triumphierte. Sie wusste, dass diese Kraft weder sanft war noch immer nur gut, sie spürte, dass sie auch zerstören konnte: Anna spürte in sich das Leben in seiner ganzen Intensität, in seiner Gefahr und in seiner Köstlichkeit, in seiner Schönheit und seinem Elend.

Und Brian schien dasselbe zu fühlen. Er verwandelte sich in einen andern Menschen. Er war immer lustig gewesen, aber nun wurde er quirlig. Er sprach mit jedem und jeder, schien alle zu kennen, mit allen befreundet zu sein, fragte und schrie: "Wie war die Zwiebelernte im Juni? – Was gibt es Neues von Manrique? – Oh, hola, meine Schöne, bist Du auch noch hier?" Und so weiter und so fort, bis sie endlich ihre Koffer hatten und aus dem weißgrünen Flughafengebäude heraus waren. Seine Augen lachten und seine Zähne blitzten und Anna sah ihn für einen Moment beunruhigt an.

Doch dann vergaß sie ihr Erstaunen. Sie fuhren im Mietwagen nach Süden. Zu ihrer Linken löste sich das Meer in seiner eigenen Bläue auf, rechts stiegen sanfte Hügel an, an denen gelegentlich ein Dorf aus kleinen weißen Häusern klebte. Riesige Büsche von Geranien und Bleiwurz wuchsen hellen Mauern entlang, beschattet von Fächerpalmen, die in ständiger Windbewegung raschelten. Anna zog die Schönheit gierig in sich hinein, als ob sie ein früher bekanntes Parfüm einatmen und wiedererkennen wollte. Wie eine Delikatesse auf der Zunge, so ließ sie die Bilder in ihrem Innern schmelzen. Sie wollte alles bis in jede Einzelheit auskosten: Das Karge, das Üppige, das Einfache, das Teure, das Wilde, das Zivilisierte. Die Dörfer links und rechts der Straße mit Tankstelle und Läden, die weißen Kirchen mit ihren einfachen Kreuzen, davor Rabatten, in denen aus schwarzer Erde Palmen, Agaven und rotglühende Blumen wuchsen, Bars mit Sonnenschirmen unter denen unordentlich billige Tischchen und Stühle standen.

Endlich wurden die Dörfer seltener, die Landschaft ärmer. Die kleinen Felder, alle von schwarzen Lavasteinen ummauert, waren nicht mehr bestellt. Die Landschaft wurde öder. Im braunen Gras weideten ein paar Ziegen. Die Hügel rückten näher an die Straße und wurden höher.

Die Straße wand sich in steilen Kurven den Hang hinauf. Gelegentlich lag eine Villa versteckt hinter Mauern und Palmen. Dann wieder öffnete sich der Blick auf den Ozean, der aber schließlich im Rückspiegel verschwand. Die Landschaft wurde noch karger. Wüstenartige Einsamkeit und Trockenheit dehnten sich aus. Dann öffnete sich ein breiter Einschnitt zwischen den Bergen, ein Hochtal. Mit Erde, so rot, rot, rot. Anna stockte der Atem. So etwas hatte sie noch nie gesehen. Sie war nicht nur auf eine Insel, sondern in eine andere Welt versetzt.

Gelegentlich gab es auch hier kleine, ummauerte Felder, dazwischen weiße Häuschen. Aber die Gegend schien sonst menschenleer und unbewohnt.

Dann erreichten sie schließlich ein Dorf: ein paar Häuser und eine stattliche Kirche mit sonnenverbranntem Holztor. Brian, der auf der ganzen Fahrt außer ein paar Ortsnamen nichts gesagt hatte, parkierte das Auto. Beim Aussteigen fasste der stets gegenwärtige Wind nach Anna, riss an ihren Haaren und ihrem hellen Kleid, stark, aber nicht so heftig, dass es ihr unangenehm war. Sie spürte seine Trockenheit auf der Haut und verband es unbewusst mit dem papiernen Rascheln der Palmen, die ihre großen Fächer aneinander rieben.

"Wir sind angekommen!" Brian nahm Anna am Arm und führte sie um die Kirche herum. Und da öffnete sich eine Aussicht, die Anna einmal mehr den Atem verschlug: Unter dem Abhang des Hochtals breitete sich die Landschaft aus, grün zuerst, solange die Felder angebaut waren, dann schwarzbraun, wo sich die unfruchtbare Lava ausdehnte, die sich schließlich in schwarzviolett verwandelte und in der Ferne mit dem Meer verschmolz. Eine Weite tat sich auf, die Anna schmerzhaft das Herz öffnete. Bis zum Horizont schien es sich auszudehnen und wollte dabei fast brechen. Die Sonne stand noch ziemlich weit über dem Horizont und brachte die Farben zum Glühen, so dass das Violett der Bougainvillea und das Blutrot von den trichterförmigen Hibiskusblüten fast brutal ins Auge schnitten. Und noch niemals hatte Anna grüneres Grün gesehen, als das der Blätter eines Feigenbaumes, der sich an eine dunkelbraune Lavamauer lehnte. Und noch nie hatte Anna lebendigere Pflanzen gesehen, als diese kleinen Sukkulenten, die vereinzelt in der sandigen hellbraunen Erde steckten und ihre zarten Lilablüten wie eine Umarmung ausstrahlen ließen.

"Da unten wohnen wir", sagte Brian, und zeigte auf ein Haus mit hellrotem Ziegeldach, das, halb verdeckt von einer riesigen Palme, auf einer stattlichen Terrasse am Hang lag, inmitten von Kakteengärten, die mit ihren hohen Mauern aussahen wie Zimmer ohne Decken. "Doch zuerst trinken wir hier etwas."

Die Bar lag gleich an der Ecke der prächtigen Aussichtsterrasse, eine typische, südländische Bar mit einem Vorhang aus Plastikstreifen in der Türe. Auf der Straße standen die obligatorischen Tischchen mit Coca-Cola Sonnenschirmen und die unvermeidliche Kühltruhe für Eiscreme. "Hola, Manuel!" schrie Brian, "bring uns zwei Bier."

Blitzartig teilte sich der Türvorhang und ein kleiner, braungebrannter Fünfzigjähriger mit graumeliertem Bart schoss hervor. "Hombre Brian!" Seine Stimme klang sonor, als ob er gleich ein Lied anstimmen wollte, "Du bist zurück. Wie gut." Und er klopfte Brian auf die Schulter. Dieser war aufgestanden und sie umarmten sich freudig. "Mercedes ist unten und es ist alles bereit, alles o.k.", fuhr Manuel fort. Dann drehte er sich gegen Anna und sagte voller Begeisterung, wobei etwas für Anna Undefinierbares mitschwang: "Und was für eine schöne Verlobte du mitbringst, herzlich willkommen Senorita".

Anna, die fünf Sprachen und darunter auch spanisch sprach, verstand sehr wohl, was Manuel sagte, sie war sich aber nicht sicher, ob in seinen Worten, und noch mehr in seiner überschwänglichen Art, nicht ein Hauch von Überheblichkeit und Missachtung steckte. Darum blieben ihre Augen kühl, als sie ihm lächelnd die Hand entgegenstreckte. Und sie blieb stumm und unbeteiligt, als die beiden nun in ein eingehendes Gespräch eintauchten, wobei sie Geschichten und Geschehnisse aus Dorf und Welt austauschten. Anna betrachtete die strahlend weiße Fassade der gedrungenen Kirche, die kunstvoll geschnitzte Tür mit dem schweren Holzschloss, die liebevoll in regelmäßigem Abstand gepflanzten Palmen und Agaven, die ein Muster wie eine Tanzanordnung in den mit schwarzen Steinchen abgedeckten Rabatten bildeten. Hinter der Kirche lagen zwei Häuser, bewachsen mit rotvioletten Kletterpflanzen und dahinter der Berg, auf dessen erdiger Straße ein Jeep eine Herde Ziegen zum Melken trieb. Das Kläffen der zwei Hirtenhunde, die wie zwei wilde, schwarze Pünktchen um die Herde schwirrten, war trotz der weiten Entfernung deutlich zu hören.

"Manuel ist ein wirklicher Freund", sagte Brian, als sie den Weg hinunter zur Finca gingen. "Ein Bauer, aber ein kluger. Er liest Ovid im Original, das musst Du Dir einmal vorstellen. Und er ist der Pächter meiner Kakteen. Denn siehst Du, alle diese Kakteen gehören mir. Darauf werden Cochenille-Läuse gezüchtet, mit denen Dein Aperitif so schön rot gefärbt wird. Das bringt zwar nicht mehr viel ein, aber Manuel und seine Familie leben davon. Und mehr als sie haben, brauchen sie nicht, die Glücklichen."

Der Weg war aus staubigem Sand und Anna wunderte sich, dass sich selbst auf dieser Höhe weit über dem Meer noch kleine Müschelchen fanden. Schließlich endete das Sträßchen auf einem Kehrplatz und von hier aus führte eine Treppe, mit Stufen aus roh behauenen Lavasteinen zwischen den Mauern der Kakteengärten den Abhang hinunter. Die Schatten waren jetzt bereits länger und tiefschwarz geworden. Anna blieb einen Moment stehen und schaute in das Gewirr der großen Kakteen. Die sattgrünen Flecken, auf die nun eine rötliche Sonne schien, lagen in dem Gewirr von dunklen Schattenrissen und plötzlich ersetzte die schwarze Realität die Grüne, und die grotesken Schattenfiguren schienen das wirklich Existierende zu sein, während das Grün nur als unwirklicher Reflex erschien, als Schatten des Schattens. Es war heiß und Anna war erhitzt vom Gehen. Und trotzdem ging jetzt so etwas wie ein Frösteln durch ihren Körper, die Ahnung einer Trauer, die wahrzunehmen sie sich aber weigerte. "Es ist alles so ungewöhnlich", sagte sie statt dessen verträumt, "und wunderschön. Ich liebe Deine Insel." Und als Brian ebenfalls anhielt und sich zu ihr wandte, murmelte sie: "Und ich liebe Dich." Und sie überwand mit schnellen Schritten die Distanz, die sie einen Moment lang getrennt hatte, und ließ ihr Gewicht mit voller Wucht in Brians Arme fallen.

Die Sonne berührte jetzt den Dunst, der über dem Meer lag und bald ihr strahlendes Licht zu einen matten Schimmer dämpfen und sie schließlich unsichtbar machen würde, noch bevor der Tag zu Ende war.

7

Das Haus hätte aus einem Traum von Anna stammen können. Drei große runde Bogen öffneten sich auf die Terrasse und gaben den Blick auf die herrliche Landschaft und das Meer frei. Ein breites Kamin, umrandet von dicken Balken, gab dem Raum eine bäuerliche Atmosphäre, die aber durch eine modische, üppige Polstergruppe und die kostbaren Teppiche auf den roten Fliesen aufgehoben wurde. Der Raum wirkte großzügig und sehr elegant. Der Tisch vor der offenen Verandatüre war gedeckt.

Mercedes stürzte aus der Küche und warf sich förmlich auf Brian. "Wie schön, dass Du wieder da bist! Ich habe für Dich gekocht. Und Euer Gepäck ist auch schon hier." Sie drückte und herzte ihn und mochte ihn kaum loslassen. Dann endlich wandte sie sich an Anna, strahlte sie warm und herzlich aus sehr hellblauen Augen an und sagte: "Herzlich willkommen, Senorita. Ich hoffe, ich habe alles so hergerichtet, wie es Ihrem Geschmack entspricht."

Mercedes war eine erstaunliche Erscheinung. Sie entsprach mit ihren hellroten Locken und blauen Augen nicht dem Bild der typischen Inselbewohnerin. Sie war etwa fünfzig, groß und üppig und in einen etwas theatralischen Umhang aus flammendem Violett gekleidet. Und jetzt drängte sie das junge Paar an den Tisch und brachte Schüsseln und Platten: Gebratene Brassen aus dem Meer, die kleinen, würzigen Inselkartoffeln, gesotten in Salzwasser und Mojo, die grüne Knoblauchsauce, auf die sich Brian mit einem Freudenschrei stürzte. "Mercedes, Du bist wirklich wie eine Mutter, besser als jede Mutter", sagte er strahlend, "komm trink ein Glas Wein mit uns." Aber Mercedes sagte, sie müsse jetzt rauf zu Manuel und sie würden sich sicher bald sehen und junge Verliebte müssten sowieso allein sein. Und Brian flüsterte Anna verschwörerisch lächelnd über den Tisch zu: "Nimm Dich in acht, sie ist eine Hexe. Aber eine gutmütige. Sie hat mir schon oft Wahrheiten auf den Kopf zugesagt, die ich vor ihr verstecken wollte. Sie sieht alles, auch das Unsichtbare."

Als Mercedes ging, hinterließ sie eine fühlbare Lücke im Raum, die Anna und Brian für einen Moment verstummen ließ. Das aber gab ihnen die Gelegenheit, das einfache und köstliche Mal voll zu kosten und den Wein zu genießen, der etwas von der Hitze des Vulkans in sich spüren ließ. Sein Feuer steckte sie an, so dass sie es schließlich kaum erwarten konnten, in das riesige, geschnitzte Bett zu sinken. Anna fühlte für einen Moment die kühlen Laken auf ihrer Haut, bis sie sich in Brians nicht endender Umarmung verlor. Und wie der Horizont draußen mit der Schwärze des Ozeans verschmolz, so verging Anna unter tausend kleinen Küssen, die Brian wie Wellen über ihren Körper fließen ließ. Und schließlich schlug die Brandung der Leidenschaft über ihnen zusammen und trug sie in eine traumverlorene Besinnungslosigkeit.

Diesem ereignisreichen Tag und der wundersamen Nacht folgten weitere Tage voll herrlicher Erlebnisse und weitere Nächte voller Vertrautheit und schwarz-samtigem Genuss. Brian erfand neue Quellen der Freude und Anna überraschte ihn mit zunehmender Wildheit und Kühnheit. Die Glut des Vulkans schien sich auf sie zu übertragen und die Elemente prallten in ungeschminkter Heftigkeit in ihren Begegnungen aufeinander.

Brian zeigte Anna die Insel. Sie fuhren ganz in den Norden, wo sich der Fels von Famara ins Meer stürzt und ein entsetzliches Steinriff von 600 Metern bildet. Von seiner Höhe atmeten sie in die Weite des Atlantiks und bewunderten die seltsamen Rosatöne der Salzseen, die weit unter ihnen an der Küste lagen. In greifbarer Nähe schien die kleine Insel La Graciosa zu liegen, über deren kahle Hügel die Wolkenschatten glitten. Überhaupt die Wolken: Anna konnte sich nicht satt an ihnen sehen. Von einem niemals anhaltenden Wind angetrieben, segelten sie über den stahlblauen Himmel und boten mit ihren wandernden Schatten ein ewiges Schauspiel von Dunkel und Licht, mit dem sie die Hänge der sanften Berge belebten. Die harten Sonnenstrahlen ließen hier ein Feld golden, dort einen Sandfleck glitzernd und da einen Felsen samtig dunkelbraun aufflammen. Und wenn es eines der weißen Gehöfte traf, die weit über die Hänge verstreut lagen, dann war es, als ob der Himmel einen heiligen Strahl auf einen seiner Tempel senden würde. Und plötzlich wurde eine Palme trotz der Distanz überdeutlich sichtbar. Es war wie ein Blick in eine andere Realität.

Später kurvten Brian und Anna über abenteuerliche Sandpisten, bis sie den langen, verlassenen Strand von Famara erreichten. Dort, am Fuße des großen Felsens, küssten sie sich im Rhythmus der Wellen. Später in Orzola sahen sie zu, wie die Fischer mit ihrem Fang vom Meer hereinkamen. Die Männer warfen ihre glitzernde Beute in die Wasserlöcher der schwarzen Klippen und begannen sie zu putzen, während eine riesige Mövenschar kreischend über ihren Köpfen kreiste. Wie eine Schneedecke gingen die Vögel auf das Ufer nieder, als ihnen schließlich die Abfälle zum Fraß vorgeworfen wurden. Brian ließ in einer der kleinen Fischerstuben eine der glitzernden Brassen grillieren, sie aßen das süße Fleisch mit Genuss, begleitet von einem einfachen Salat. Und während die steigende Flut an den Felsen unter ihnen donnerte, tranken sie sich zu, ihre Augen über den Glasrand ineinander versenkend.

Am nächsten Tag spazierten sie durch Arrecife, betrachteten zusammen mit anderen Touristen die Läden voller Parfüm und Fotoartikel, die günstig und leicht verstaubt zum Verkauf auslagen und beobachteten die Jungen, die vor den Bars zusammengerottet standen und schwarze Diskussionsgruppen bildeten, sich leise bewegend, wie Ameisen um ein Häufchen Zucker. An der Seepromenade dufteten blühende Bäume, während von Zeit zu Zeit ein Fischduft vom Meer her wehte. Auf der Suche nach prähistorischen Ritzzeichnung machten sie sich eines Nachmittags zu einem Fußmarsch auf. Der Weg führte sie in die Berge. Sie kletterten über kantige Lavasteine, die das Leder von Annas Schuhen zerschnitten, bis sie schließlich auf die seltsamen Spiralen und Muster stießen, die keiner mehr zu lesen verstand, die aber in ihrem vollendeten Schwung Bedeutung und Inhalt zu tragen schienen. Sie waren, zusammen mit merkwürdigen Kanälen und Becken. das Überbleibsel einer Bevölkerung, die sich in den spanischen Besiedlern aufgelöst hatte. Und Brian erzählte Anna vom Matriarchat, das auf dieser Insel geherrscht hatte, als die ersten Schriftkundigen mit ihren seetüchtigen Schiffen aufgetaucht waren. Es gab Leute, selbst Professoren, die Lanzarote für den Überrest von Atlantis hielten, Zeuge einer untergegangenen Großkultur. Aber Anna war skeptisch. Es lag alles so verloren in diesem wilden Land, umwachsen von wenigem, stachligen Gras. Ein paar kleine Blümchen ließen ihre erstaunliche Leuchtkraft strahlen. Und Anna akzeptierte, dass sie nie wissen würde, was damals wirklich gewesen war.

An einem Abend aßen sie in El Golfo, direkt am Meer, in einer Schilfhütte mit Wellblechdach. Die Muscheln und Krabben waren eben vom Fischer hereingebracht worden und schmeckten süß wie lockeres Gebäck. Und während sich das Wasser mit der Ebbe nach Westen zurückzog und vom Wellenschlag abgerundete Gesteinsbrocken freigab, sahen sie still und fast feierlich zu, wie die Sonne sank, wie sie zuerst eine goldene, dann eine rote Straße auf das Meer malte. Und als sich dann die wilden Wasser beruhigten und glätteten, spürten sie die Versuchung, es zu wagen und auf dem Wasser zu gehen.

An einem anderen Abend besuchten sie Mercedes und Manuel in ihrem Haus oben im Dorf. Anna war überrascht, wie groß die Räume in dem kleinen Haus wirkten. Alles war dunkel, weil die Fensterläden auch abends geschlossen blieben. Im Patio, der halb überdacht war, war der Tisch zum Essen hergerichtet. Schweres, von Mercedes selber getöpfertes Geschirr stand bereit, mit frischen Gemüsen beladen. Daneben funkelte goldig eine mächtige Ölflasche. Ein Viertel von einem großen, schneeweißen Ziegenkäse lag auf einem Brett. Auf einer Platte waren rotweiße Streifen von luftgetrocknetem Schinken ausgebreitet, auf denen grüne und schwarze Oliven kullerten. Das Brot mit Fenchelsamen hatte Mercedes selber gebacken. Über dem Tisch hing, mit langen gezackten Wedeln, hellgrüner Farn, der die Eigenschaft hat, die Fliegen zu vertreiben.

Sie setzten sich, mit Aussicht auf den Innenhof mit seinen blühenden Bleiwurztöpfen. Jasmin kletterte an einem Gerüst empor und verbreitete einen fast einschläfernden Duft. Manuel brachte einen großen Krug vom eigenen Wein, den er am Fuß der Vulkanhügel in runden Erdvertiefungen zog, in denen die Reben windgeschützt einen heißen Sommer lang in der Sonne badeten. Mercedes trank ihnen zu: "Auf dass Ihr so lange glücklich bleibt, wie Ihr lebt". Und dann kosteten sie den Wein in kleinen Schlucken. Brian rühmte den Gehalt und die verborgene Süße und seine dunkle Hintergründigkeit. Manuel erzählte voller Stolz von den vielen Fässern, die er in diesem Jahr füllen konnte. Und dann kamen Inselgeschichten auf den Tisch, die neusten Zahlen über den Zwiebelmarkt und die entnervenden Geschehnisse der Politik zuerst. Dann sprachen sie von den Söhnen, die auf dem Festland lebten. Und schließlich kamen die Geschichten über Brians Jugend. Zum x-ten Male hörte er, wie seine Eltern auf der Insel aufgetaucht waren, nach einer stürmischen Überfahrt von Gibraltar her. Und wie seine Mutter beschlossen hatte, zu bleiben. Und wie sie zum Haus und zur Freundschaft von Manuel und Mercedes gekommen waren. Und Anna hörte still zu und war begierig, alles zu erfahren, was Brian betraf. Von seiner jüngsten Vergangenheit hörte sie allerdings wenig, ja manchmal schien ihr, als ob das Gespräch plötzliche Sprünge nähme und Manuel, mit einem Seitenblick auf sie, von einem Thema zum anderen wechselte. Aber sie dachte sich nichts dabei.

Schließlich war die Vergangenheit vergangen.

Mit einem Mal flüsterte Mercedes in Annas Ohr – die Männer waren gerade in weltpolitische Themen abgeschweift: "Weißt Du was, ich mag Dich sehr. Ich werde Dir etwas schenken." Und sie verschwand für einen Moment im Haus und kam zurück und zog einen Stein aus der Tasche. Es war ein durchsichtiger Bergkristall mit einem quecksilbrig blitzenden Einschluss. Mercedes ließ ihn an seiner silbernen Kette gedankenlos über dem Tisch hin und her pendeln. "Weißt Du, der gehörte meiner Mutter. Sie beriet die Frauen des Dorfes. Sie verstand es, zu sagen, ob sie schwanger wären und ein Mädchen oder einen Jungen gebären würden. Sie war berühmt dafür und die Leute kamen von weit her zu ihr." Und sie hielt Anna den Stein hin. Doch diese zögerte, ratlos über diese Geste, innerlich erschreckt und unsicher, ob sie ein solches Geschenk überhaupt annehmen könne. Aber Mercedes beharrte: "Mir liegt das nicht, ich will damit nichts zu tun haben. Nimm, nimm. Schnell. Ich denke, Du, Du kannst diesen Stein noch brauchen." Und Anna nahm ihn verwirrt und bedankte sich. Und zwar so wenig herzlich, dass es ihr später noch lange leid tat.

Die Zeit verstrich schnell. Anna und Brian hatten alte Freunde besucht. Sie waren in den alten Festungen von Arrecife und Teguise herumgeklettert, sie badeten an den stillen Papageienstränden am Südzipfel der Insel. Sie hatten die merkwürdigen Lavaformationen in den Grotten bewundert, die tief unter die Erde führten. Auf dem schwarzen Strand bei Janubio suchten sie kleine, hellgrüne Edelsteine, Olivine, und füllten sie in ein Glasfläschchen. "Damit Du in Zukunft immer ein Stück Lanzarote bei Dir hast", sagte Brian dazu. Ganze Nachmittage lagen sie umschlungen im Schatten der raschelnden Palme auf ihrer Terrasse und warteten bis die Nacht anbrach, die sie noch enger zusammenführen würde.

Und dann kam der Tag, der alles veränderte.

Brian hatte Anna an diesem Nachmittag in die Feuerberge gebracht. Durch weite, schwarze Lavafelder waren sie gegangen, in denen nichts wuchs als ein paar graue Flechten und dann und wann ein Feigenbaum, dessen Grün wie eine Flamme abstach von der dunklen Mauer, die ihn vor dem immer heftigen Passatwind schützte. Hier, wo noch vor 200 Jahren Dörfer gestanden und Zwiebelfelder gegrünt hatten, lagen nun die grotesken, schwarzen Brocken haushoch aufgetürmt und bildeten seltsame Muster. Wo sich verwehter Sand zwischen die Steine gelegt hatte, siedelten einzelne, struppige Dorngebüsche, die aussahen wie Büschel aus zusammengerolltem Stacheldraht. Und aus diesem riesigen Trümmerfeld eines Krieges, den die Natur gegen sich selber geführt hatte, wuchsen Vulkankegel, kleine und große, Hügel und Berge, heiße und erkaltete, und wechselten ihre Farbe mit dem Licht des Tages, von ocker über rostrot, dunkelbraun und schwarz. Anna, die an die schroffen

Felsen der Alpen gewöhnt war, fühlte fast so etwas wie Zärtlichkeit in sich für diese sanften Abhänge, die perfekt geschwungenen Linien und die pudrige Oberfläche, die diese Berge wie große Tiere aussehen ließ, deren Fell man hätte berühren wollen.

Doch diese Berge waren nicht harmlos. Es war gefährlich, die gesicherten Wege zu verlassen. Und Brian führte Anna Erdlöcher vor, die so heiß waren, dass sich Dornenbüsche, die man hineinhielt, augenblicklich entzündeten. Er legte ihr Steinchen in die Hand, die sie vor Schreck fallen ließ, weil sie so heiß waren. Danach fuhren sie im Auto durch Täler von einer Stille und Unberührtheit, wie sie nur der Tod gewähren kann. Eine ewige Lautlosigkeit lag hier über den Dingen, während unter der dünnen Erdkruste das Planetenfeuer kochte. Anna war überwältigt von der Absolutheit, mit der hier Elemente und Gegensätze aufeinander prallten. Lange blieben sie auf einer Anhöhe sitzen und überblickten das schwarze, gestockte Steinmeer, das in der Ferne in den wilden Ozean überging, der die Grenze mit stäubender Gischt markierte. Und ohne bewusst zu fühlen, was es war, spürten sie doch, dass diese Grenze auch mitten durch sie hindurch verlief und ihnen und ihrer Liebe gefährlich werden könnte.

In dieser Nacht hatte Anna einen Albtraum: Der Vulkan war ausgebrochen und sie war als einzige auf der Insel zurückgeblieben, weil sie sich noch um irgend etwas gekümmert hatte, das sie nicht zurücklassen wollte. Vielleicht hatte sie sich auch in die verzweifelte Lage gebracht, weil sie einen Augenblick zu lange neugierig verfolgte, was eigentlich da draußen vor sich ging. Jedenfalls waren bereits alle mit den Schiffen geflohen und sie war allein, ohne Boot und ohne Rettungsmöglichkeit. Wahrscheinlich würde in der Aufregung auch niemand merken, dass sie fehlte und keiner würde sie suchen. Also stand sie nun da und sah wie gelähmt zu, wie die übermächtige Lava in großen Strömen aus dem Vulkan unausweichlich in ihre Richtung floss. Sie war unfähig sich zu bewegen und es gab keinen Ort, wohin sie sich hätte retten können. So blieb sie in entsetzlicher Erstarrung, die ewig zu dauern schien, bis endlich die Lava bei Anna ankam und sie endgültig einschloss. Zu ihrem Erstaunen war es weniger schmerzhaft, als sie erwartet hatte, denn die schwarze Masse war zwar klebrig und zäh, aber nicht besonders heiß. Sie deckte Anna bis auf Brusthöhe ein, so dass sie die Arme noch frei bewegen konnte, sonst aber gefangen war.

Anna fühlte ihre Todesangst, aber auch, wie diese sich in ihr langsam veränderte. Sie spürte, dass sie überleben würde. Also versuchte sie, sich zu orientieren, so gut es ging und bemerkte, dass sich die Natur nach dem großen Aufruhr nun beruhigt hatte. Es herrschte so etwas wie ein klingender Friede über der nun schwarzen Insel. Anna sah in die Bläue des Himmels, hörte die Wellen in der Ferne, sogar ein verlorener Schmetterling flatterte vorbei. Anna saß fest und wusste nicht, wie sie frei kommen könnte. Da sah sie vor sich etwas in der Sonne blitzen. Es sah aus wie kleine Salzkristalle und sie nahm sie mit beiden Händen fast gierig auf, denn es war alles, was es außer der schwarzen Lava überhaupt noch gab. Sie besah sich, was sie da gefunden hatte und es sah eigentlich nach nichts Besonderem aus. Eben wollte sie es mit der Zunge kosten, als es in ihren Händen zu brennen anfing. Und es wurde heißer und heißer und als sie es loslassen wollte, blieb es kleben. Anna fing an zu weinen, als sie die Auswegslosigkeit ihrer Situation begriff.

Sie saß in der Falle. Dieser nun immer glühender werdende Schmerz in ihren Händen musste erduldet werden. Nicht einmal sterben konnte sie. Das einzige, was ihr blieb, war, zu beten, dass sie es aushalten würde. Sie öffnete die Handflächen und legte sie auf die Lava vor sich und wartete, vernichtet. Da endlich weckte Brian sie auf.

"Warum weinst Du, mein Kleines?" fragte er zart und sie flüchtete sich in seine Arme, drückte ihre tränennasse Wange an seine Brust und murmelte etwas Unverständliches. Er hielt sie fest umschlungen. Und so lagen sie und sie ließ sich von seinem langsamen Atem schaukeln und beruhigen und weinte sich ergeben in den Schlaf zurück.

Am Morgen, schon recht früh, kam Manuel. "Das Telegrafenamt hat in die Bar telefoniert. Es ist ein Telegramm für Euch da. Sie konnten mir nicht sagen, was drin steht, es ist deutsch."

Und zwei Stunden später kam der Bote. "Mutter schwer erkrankt. Sofort zurückkommen." Es war Annas Sekretärin, die telegrafiert hatte. Und Anna wusste, dass es ernst war.

Sie packte die Koffer und fuhr zum Flughafen. Brian und die Insel verschwanden aus ihrem Blickfeld, noch bevor das Flugzeug abgehoben hatte.

8

"Wir können nichts mehr tun", sagte Dr. Felber, "Ihre Mutter ist zu spät zu uns gekommen." Seine Brillengläser reflektierten ein hartes, hellblaues Licht und seine steife Haltung schien zu sagen: Nur keine Gefühle, bitte.

Doch die Angst des Arztes war unbegründet. Anna wäre in diesem Moment zu keinem Zusammenbruch fähig gewesen. Wie betäubt stand sie vor der Tatsache, dass plötzlich alles in Stücke fiel dass plötzlich nichts mehr gleich war wie zuvor. Zwar hatte sie schon auf dem Flughafen von Arrecife telefoniert und dabei erfahren, dass ihre Mutter ins Spital eingeliefert und bereits operiert worden war. Und so hatte sie auf dem Rückflug Gelegenheit gehabt, sich innerlich auf die neue Lage vorzubereiten. Aber dass die Krankheit so total und so brutal zugeschlagen hatte, versetzte ihr nun doch einen Schock. Merkwürdigerweise hatte Anna immer die Vorstellung, Krebs verzehre und löse auf, und nun erlebte sie, dass es das Zuviel war, das tötete: Lebensstrotzende Metastasen, die die Bauchhöhle füllten.

Anna saß am Bett ihrer Mutter. Diese schien zu schlafen, zusammengerollt wie ein Kind, und Zimmer, Bett und die Welt schienen viel zu groß für sie zu sein. Ein paar ebenfalls sterbende Blumen standen traurig auf dem Nachttisch zwischen medizinischem Gerät, das einen widerlichen Geruch auszuströmen schien. Wie weit weg war jetzt der frische Wind von Lanzarote!

Die Mutter schlug die Augen auf, und sie waren rund und riesig und merkwürdigerweise kein bisschen matt. Doch die Stimme war fast unhörbar leise: "Anna, mein Kind, bist Du da?" Und wie sie nach Annas Hand suchte und sie schutzsuchend fest in ihr kleines, mageres Händchen nahm, das verschlug nun auch Annas Stimme. Sie brachte kein Wort mehr hervor. Und so legte sie ihr ganzes Gefühl in ihre Hände und streichelte mit großer Sanftheit die Kranke. So vergingen ein paar lange, ruhige Minuten. Schließlich räusperte sich Anna und sagte: "Was machst Du nur: Kaum dreht man Dir den Rücken zu..."

Die Mutter lächelte, doch ihr Gesicht war verzerrt. Sie flüsterte fast: "Hilf mir, ich muss mich umdrehen." Und als Anna sie nun stützte, damit sie sich auf den Rücken drehen konnte, wurde der fast grotesk aufgeschwollenen Bauch sichtbar, der so gar nicht zur feinen und zarten Gestalt der alten Frau passen wollte.

"Ach Mutter, hast Du Schmerzen?" Anna war erschrocken und die Kranke nickte: "Ja, schon." Und dann, und dabei kam ein fast lauernder Ausdruck in ihre Augen, sagte sie fest: "Anna, nimm mich nach Hause." Und das war ein Befehl.

In Annas Familie berührte man sich selten und man sprach nicht viel. Die Mutter war eine sehr stille Frau, die in ihrem ganzen Leben immer das Notwendige tat und wenig dazu sagte. Und weil auch Anna ein in sich gekehrtes Kind war, das eigentlich immer selbst wusste, was zu tun war und kaum erzogen werden musste, gab es im Haus in all den Jahren nicht sehr viel zu reden. Anna konnte sich jedenfalls nicht erinnern, dass es je Diskussionen oder Aussprachen zwischen ihnen gegeben hätte. Aber ohne Worte war da immer ein Gefühl von gegenseitigem Verstehen, von Respekt und Wohlwollen, das die andere weder einengte noch beschnitt, aber die Sicherheit des Zusammengehörens, des Füreinander-Vorhandenseins festigte. Anna hatte ihre Mutter regelmäßig besucht. Sie arbeiteten dann zusammen im Garten, erledigten dies und das im Haus, kochten und aßen einträchtig, aber sie sprachen kaum. Nie fragte die Mutter die Tochter aus und Anna hatte noch nie erlebt, dass ihre Mutter etwas zu erzählen hatte. So hatten sie bescheiden und zufrieden gelebt und waren sich vertraut geworden und gleichzeitig fremd geblieben. Noch nie hatte die Mutter Anna etwas befohlen, darum schien es eine Fremde zu sein, die nun, mit lauter werdender Stimme wiederholte: "Anna, nimm mich nach Hause."

Anna zögerte. Was würde der Arzt sagen? Was würde aus ihrer Arbeit werden? Wie würde sie mit der Krankenpflege zurecht kommen? Und Brian, wie würde Brian reagieren, wenn sie nicht nach Genf zurückkäme?

Zu ihrem Erstaunen hörte sie sich in diesem Moment aber sagen: "Selbstverständlich, Mutter, wenn Du das möchtest." Und als sie die Erleichterung auf dem Gesicht der Kranken sah, war sie froh, dass sie so schnell nachgegeben hatte.

Die Spitalärzte und Schwestern schienen froh zu sein, die Todkranke loszuwerden. Ihre Arbeit war das Heilen. Dass sie das Sterben nicht aufhalten konnten, war ihnen eine Quelle ständiger Frustration. Und so organisierten sie fast hastig den Krankentransport, der Annas Mutter in ihr Haus zurückbringen sollte.

Im großen Wohnzimmer neben der Küche wurde ein Spitalbett aufgestellt, mit Blick auf den Garten, der in diesem warmen September noch üppig und bunt war. Astern und Dahlien blühten in wilden Violett- und Rottönen und vom Graugrün des Kohls hob sich das Hellgrün der Endivien ab, während die wilden Kirschbäume am Waldrand bereits in goldenen Flammen standen. Doch die Mutter lag meist mit geschlossenen Augen da und dämmerte vor sich hin.

Anna hatte sich vom Geschäft beurlauben lassen und stellte sich ganz auf die Pflege ihrer Mutter ein. Die Gemeindeschwester kam täglich, um beim Waschen und Bettenmachen zu helfen. Auch der Arzt hatte versprochen, regelmäßig vorbei zu sehen, hatte sich aber bisher noch nicht blicken lassen.

So vergingen die Tage in stiller Beschaulichkeit. Anna besorgte das Haus und saß stundenlang ruhig am Bett ihrer Mutter, die ihre Hand hielt: Das einzige Zeichen, dass sie nicht schlief.

Brian war von Lanzarote zurückgekommen und hatte angerufen. Es war eine Stimme aus einer anderen Welt, die aber Anna in einen Strom von Sehnsucht hinein zog, der sie fast wegzuschwemmen drohte. "Wann kommst Du? Wann bist Du wieder hier? Ich brauche Dich! Sag etwas!", forderte er. Aber sie, von der Stille des Hauses angesteckt, brachte kaum einen Satz heraus. "Ich weiß nicht", sagte sie, "ich weiß nichts." Und dann leise, dass es die Mutter nicht hören möge: "Ich weiß nur, dass ich Dich liebe." Und nach einer langen Pause: "Aber ich muss jetzt hier sein."

Und dann begannen die Schmerzen. Die Mutter versuchte, tapfer zu sein, aber Anna, die auf dem Divan im Wohnzimmer schlief, wachte nachts von ihrem Wimmern auf. Die Medikamente, die man ihnen vom Spital mitgegeben hatten, wirkten nicht.

Frühmorgens wurde der Arzt gerufen. Er war nicht sehr freundlich, als er kam. Er spritzte der Patientin ein Schmerzmittel und sagte zu Anna im Hausflur: "Was wollen Sie, sie ist im Endstadium. Da kann man nichts machen."

"Gibt es denn nichts, was wirklich hilft", fragte Anna tonlos, weil ihr die Aufregung auf den Atem drückte, "Morphium, Opium oder was weiß ich?" Verzweifelt suchte sie nach einem Ausweg für das Leiden der Mutter, deren Hilflosigkeit sich mit ihrer eigenen mischte und sie trostlos machte.

"Wo denken sie denn hin", sagte der Arzt, im Ton des strengen Oberlehrers, der alles besser weiß und über allem steht, "ich muss schließlich wissen, was ich verantworten kann. Das müssen Sie schon mir überlassen. Ich habe ihr jetzt etwas sehr Starkes gegeben, das müsste ausreichen. Übrigens tatsächlich ein Morphiumderivat."

Und dann sagte er noch, dass man Sterbende halt besser im Spital ließe. Und dass nicht professionelle Pflegepersonen natürlich überfordert seien, wenn sie das Leiden der Kranken so direkt erfahren müssten. Und ob Anna vielleicht ein Beruhigungsmittel haben wolle.

Anna lehnte kühl ab. In diesem Moment wollte sie alles andere als beruhigt werden. Sie war wütend über seine Gefühllosigkeit und die überhebliche Art, die doch nur seine eigene Angst vor Schmerz und Tod widerspiegelte: Hilflosigkeit, die sich als Kraft aufspielte!

'Es muss doch etwas zu machen sein', dachte sich Anna, die sich mit der Opferrolle ihrer Mutter nicht abfinden mochte. 'Es muss doch irgend eine Hilfe geben.' Und plötzlich erinnerte sie sich an Mercedes und an das Kristall-Pendel, das seit Lanzarote in ihrer Tasche steckte.

Kaum war die Mutter in Schlaf gefallen, ging sie mit dem Pendel hinauf in ihr kühles, altes Kinderzimmer und setzte sich an den Tisch am Fenster. Der Zorn war inzwischen von ihr gewichen und sie fühlte sich hohl vor Erschöpfung und Traurigkeit. Doch als sie nun den silbrigen Einschluss betrachtete, der in der Nach-mittagssonne aufleuchtete, vergaß sie alles, konzen-trierte sich und setzte das Pendel in Bewegung.

"Bitte Pendel, kannst Du mir eine Antwort geben?" flüsterte sie.

Ein ganz feines Zittern lief durch ihren Arm und das Pendel schlug aus, vor und zurück, in starken, schönen Schwingungen.

Annas Kopf funktionierte nun fast automatisch, als sie sich überlegte, dass sie irgend einen Code festlegen müsse um mit dem Pendel zu kommunizieren.

"Zeig mir, was JA bedeutet", sagte sie ohne Worte. Und das Pendel begann fast augenblicklich im Uhrzeigersinn zu kreisen.

"Und was heißt NEIN, liebes Pendel?"

Das Pendel schwang waagrecht hin und her.

"Und was heißt WEISS NICHT?"

Das Pendel kreiste im Gegenuhrzeigersinn.

Anna war fasziniert. Sie war fest überzeugt, sich nicht zu bewegen. Und trotzdem änderte das Pendel seine Richtung und schwang in sicherer, harmonischer

Bewegung. Und Anna fühlte ein angenehmes Gefühl von Kraft im Arm.

"Steh still!" befahl sie, nun fast schon spielerisch. Und tatsächlich: Das Pendel hielt an, und zwar mit einer Plötzlichkeit, die Annas Erwartung ins Stolpern brachte.

Sie machte eine Weile Pause und dachte nach. Dann fragte sie:

"Kann ich meiner Mutter helfen?"

Das Pendel sagte JA.

"Kann ich ihre Schmerzen lindern?"

JA.

"Gibt es ein Medikament dafür?"

WEISS NICHT

"Kann ich es persönlich tun?"

JA

"Geht es mit Handauflegen?"

NEIN

Anna starrte ratlos auf das Pendel und wusste nicht, was sie weiter fragen sollte. Da sah sie plötzlich vor sich den kleinen Bach unten am Grundstück, dessen Ufer dicht mit riesigen Blättern bewachsen waren.

"Hilft Pestwurz?" fragte sie das Pendel. Und dieses antwortete: JA.

Pestwurz. Anna wusste zu jenem Zeitpunkt nicht einmal, ob es sich dabei um eine Heilpflanze handelte. Später lernte sie, dass man einstmals die frischen Blätter auf eiternde Wunden gelegt hatte und Tee bei inneren Krankheiten verabreichte. Gewisse Indianerstämme hatten die Asche der Pestwurzstängel als Ersatz für Salz benutzt und Homöopathen verwenden sie noch heute bei gewissen Harnwegserkrankungen.

Anna fragte nacheinander: "Tee?", "Umschläge?", "Suppe?" und erhielt immer verneinende Antworten. Da half ihr wieder ein Bild, das vor ihren Augen auftauchte. Sie sah sich die Blätter in ein heißes

Frottiertuch einwickeln und auflegen. Und als sie das Pendel fragte, ob das die richtige Art der Anwendung sei, antwortete es mit JA.

Anna ging augenblicklich zum Bach hinunter. Ihr Wunsch und Wille zu helfen, waren so groß, dass sie nicht daran dachte, dass ihr Tun sonderbar sei.

Es war lange her, dass sie zum letzten Mal hier unten gewesen war. Das Wäldchen war feucht und finster. Und hier im Schatten war es bereits empfindlich kühl. Aber sie standen tatsächlich da, die riesigen Blätter, 30 cm lang und mehr, mit einem Rosaschimmer am Stängel. Die Blätter ließen sich nur mit Mühe brechen. Das nächste Mal würde Anna ein Messer mitbringen.

Mit einem großen Büschel kam sie nach einer halben Stunde zum Haus zurück. Sie schaltete den Backofen ein und legte ein Frottiertuch zum Wärmen hinein.

Die Mutter hatte die Augen geöffnet, als sie Anna hantieren hörte und brachte sogar ein schwaches Lächeln zustande.

"Mutter", sagte Anna leise und eindringlich, "ich möchte etwas ausprobieren, das Dir vielleicht gut tut. Darf ich?" Und als sie nickte, holte Anna das heiße Tuch aus dem Ofen, belegte es hastig mit einer Schicht von Blättern, schlug die Ränder ein und legte die Packung auf den Bauch der Mutter. Die übrigen Pestwurzblätter stellte sie in einen Kessel in Wasser, damit sie frisch blieben.

Bis zum Schlafengehen legte Anna der Kranken alle zwei Stunden eine neue Packung auf. Die Nacht verlief schmerzfrei und ruhig. Und so verliefen die kommenden Tage und Nächte.

Die Schmerzen kehrten nicht mehr zurück.

9

Es war November geworden. Brian rief an. "Ich bin nach Afrika versetzt worden. Ich will Dich mitnehmen. Du musst kommen, Anna, ich bitte Dich. Wir haben uns schon so lange nicht mehr gesehen. Ich halte das nicht mehr aus!"

Es war Wochen nach seinem einzigen Besuch im Bergtal. Brian war heraufgefahren, um endlich wieder einmal seine Anna in die Arme zu schließen. Aber Anna war nicht mehr seine Anna. Sie war ihm fremd geworden. Hier, in diesem Krankenzimmer schien sie ihm eine andere. Ihr Ernst erschreckte ihn. Und weil sie so ganz auf die Pflege ihrer Mutter konzentriert war, fühlte er sich ausgeschlossen und verlassen.

"Ich brauche Dich, Anna", sagte Brian, als sie sich damals endlich in der Küche allein gegenüber saßen und die Suppe löffelten, die Anna, mit etwas Käse und Brot als einziges anzubieten hatte. "Dein Platz ist an der Seite des Mannes, der Dich liebt."

Anna erwiderte, dass sie ihre Mutter einfach nicht allein lassen könne. "Sie liegt im Sterben", sagte sie, "versteh doch, dass ich nicht weg kann."

Aber Brian wollte nicht verstehen. Er war eifersüchtig. "Du liebst mich nicht", klagte er sie an und brachte sie vor Wut und Verzweiflung beinahe zum Weinen. "Wenn Du mich so lieben würdest, wie ich Dich, könntest Du nicht einfach Deine Mutter vorziehen."

"Es hat nichts mit Dir zu tun", antwortete Anna, tonlos und mit bleichem Gesicht. "Gib mir Zeit. Gib mir noch ein bisschen Zeit. Ich spüre, dass ich jetzt hier sein muss."

In jener Nacht war ihre Liebe schwarz und schwermütig. Sie lagen sich in den Armen, aber das frühere Entzücken kehrte nicht zurück. Brian war verletzt und verletzte mit seinem Unverständnis Anna. Ihre Körper waren sich nahe, doch zwischen ihren Seelen öffnete sich ein breiter Streifen ödes Niemandsland, den beide nicht überbrücken konnten.

Nach diesem Besuch gab es nur noch Telefonanrufe. Brian stellte keine Forderungen mehr. Er sprach von der Arbeit, von seinen vielen Verpflichtungen, davon, was los war auf der Botschaft und in Spanien. Er war freundlich, aber unendlich entfernt. Und die Freude, die seine Stimme und seine Worte in ihr auslösten, gefror und machte einem unbewussten Frösteln platz. Aber sie verdrängte es, sie wollte es nicht wahrnehmen und nicht wahrhaben. Sie baute auf die Vergangenheit, auf die Zukunft. Im Moment war zwar alles schwierig. Aber das würde sich wieder ändern. Und dann wären sie wieder glücklich vereint wie zuvor.

Und so sagte sie auch bei diesem Telefon ruhig und traurig: "Ach Brian, wenn ich nur kommen könnte. Überall käme ich mit Dir hin. Ich wäre so gerne bei Dir. Afrika wäre wunderbar. Aber wir müssen einfach warten, warten, warten. Es hilft alles nichts."

Anna hatte bisher die Trennung von Brian erstaunlich gut ertragen. Sie war so sehr mit ihrer Mutter beschäftigt, dass Brian einer anderen Welt und einer anderen Zeit anzugehören schien, die im Moment einfach nicht zugänglich waren. Manchmal, vor dem Einschlafen, dachte sie voller Sehnsucht an ihn, wünschte seine Hände auf ihrem Gesicht, seinen Körper an ihrem Körper. Aber wenn dann die Energie aus ihrem Herzen zu fließen begann, floss sie ganz von selbst über ihren Liebsten hinaus und zu ihrer kranken Mutter hin. Von der Kranken ging zudem so viel Liebe und Hingebung an das Geschehen aus, dass Anna einfach keinen Mangel fühlte, sondern aufgehoben war in etwas, das sie vor jeder Traurigkeit schützte. So führte auch das langsame Sterben der Mutter nicht zu

Aufruhr und Verzweiflung: Ein ruhiges Leben fand sein ruhiges Ende.

Anna sah wohl, dass dieser Körper nicht mehr weiterleben wollte und dass ihre Mutter müde und bereit zum Sterben war. Und sie nahm es hin, so wie ihre Mutter ihr Schicksal hinnahm und es damit erfüllte. Ein stiller Frieden lag über dem Haus, der die beiden Frauen in einem goldenen Licht verband und mit den herrlichen Farben vor den Fenstern verschmolz. Denn auch der Wald starb diesem Jahr und feierte den kommenden Winter mit flammenden Tönen und gleißendem Herbsthimmel.

"Ach, Anna, Kind, Du bist so gut zu mir", sagte die Mutter eines Tages, als Anna sie frisch bettete und ihr über die Stirn strich. Und Anna lächelte und sagte: "Du warst auch immer gut zu mir. Und ich bin glücklich, dass ich jetzt auch etwas für Dich tun kann." Und tatsächlich empfand sie ein großes Glück, dass sie dieser Frau, die sie genährt und gepflegt hatte, nun den gleichen Dienst erweisen konnte. Es schien ihr so folgerichtig und so gerecht, dass sie keinen Augenblick das Gefühl hatte, sie würde ein Opfer bringen.

"Wo warst Du?" fragte die Mutter eines Nachmittags, als Anna länger als sonst beim Bach unten gewesen war.

"Ich habe noch die restliche Pestwurz gepflückt", antwortete Anna. "Ich will Vorräte machen, bevor die Fröste kommen."

"Das brauchst Du nicht, Anna", sagte die Mutter. Ich gehe, noch bevor die Fröste kommen." Und sie sah Anna mit riesigen Augen an. "Ich will in die Erde, so lange sie noch nicht gefroren ist."

Und tatsächlich: Drei Tage später starb sie. Es war früh am Morgen. Anna wurde sofort wach, als sie die Mutter rufen hörte.

"Anna, ach, Anna, da bist Du ja. Wie gut, dass du da

bist." Sie griff nach Annas Hand und drückte sie aufgeregt auf ihre Brust. "Ich möchte Dir etwas sagen, höre. Ich fürchte, ich war keine sehr gute Mutter für Dich. Du hast mich immer eingeschüchtert, weißt Du. Schon als kleines Kind hast Du so geguckt, so groß geguckt, dass ich nichts mehr zu sagen wusste. Ich war ja nie besonders gescheit, nicht wie dein Vater. Ich wusste es nicht besser, weißt Du. Aber ich habe Dich sehr geliebt und ich war immer glücklich, eine Tochter wie dich zu haben. Verzeih mir, wenn ich nicht gut genug zu dir war..."

Anna liefen die Tränen über die Wangen. "Was sagst Du bloß, Mutter, sag das doch nicht. Es war doch alles großartig und gut. Ich liebe Dich, reg dich nicht auf. Du warst eine wunderbare Mutter." Und fast hätte sie gesagt "Geh in Frieden", aber das verbiss sie sich auf den Lippen. Und sie hielt die winzige Hand der kleinen alten Frau fest in ihrer Hand und drückte sie und hatte vergessen, wie einsam und ernst sie als Kind oft gewesen war, wie sehr sie nach Erklärungen und Belehrungen gelechzt hatte, wie sie manchmal nicht wusste, ob etwas an ihr nicht stimmte, weil sie sich in der Ruhe des Hauses eingeschlossen und gefangen fühlte. In diesem Moment war alles gut und sie liebte jede Faser dieser Frau mit jeder ihrer Zellen.

Jetzt spürte sie, wie sich das Leben langsam aus der kleinen Hand zurückzog, so dass diese schwer und schwerer wurde. Und plötzlich kam der Moment, wo sie leer war, ein weiches, gefügiges Ding, in dem kein Wille und kein Widerstand mehr steckte.

Die Mutter war ohne einen Seufzer gegangen.

Anna blieb ganz ruhig. Sie faltete die weichen Hände der Toten, schloss ihr die Augen und zündete eine Kerze an. Dann löschte sie das Licht und setzte sich auf den Lehnstuhl neben dem Bett, wo sie in den vergangenen Wochen täglich stundenlang gesessen hatte. Sie war erschöpft und leer, aber ganz im Frieden. Und dann kam ihr plötzlich Brian in den Sinn und ihr Herz überschlug sich in einem Sprung. "Brian, endlich, jetzt bin ich frei! Brian ich komme", schrie es in ihr. Sie hatte ihre Aufgabe in diesem Haus erfüllt. Das nächste Kapitel ihres Lebens konnte beginnen.

Annas Mutter wurde auf dem sonnendurchfluteten Kirchhof des Bergdorfes begraben. Die Kapelle war an einen Felsen angebaut, der bei einem Seitenaltar, der einer schützenden Madonna gewidmet war, in den heiligen Raum hineinragte. Nur wenige Zuhörer saßen in den einfachen Holzbänken und folgten Messe und den Worten des Priesters, der das bescheidene Leben von Annas Mutter lobte. Und dann bimmelte das Totenglöcklein und der Sarg wurde hinausgetragen. Die Nachmittagssonne blendete und ließ das Tal in gleißender Schönheit sichtbar werden. Der Fluss glitzerte weit unten, während die noch kaum be- schneiten Berghänge in einem leichten Dunst flirrten. Das Grab lag unter flammend gelben Lärchen. Und Anna dachte, dass die fallenden Nadeln eine warme Decke für das Grab abgeben würden.

Anna blieb lange stehen, auch als alle andern den Kirchhof schon verlassen hatten. Sie ging noch einmal in die kleine Kirche zurück. Dort wollte sie in Ruhe Abschied nehmen von ihrer Mutter und dem Tal, das sie nun für immer verlassen würde.

Die bescheidene Kapelle im Bergdorf war zu einer gewissen Berühmtheit gelangt, als unter dem Verputz der Mauern kostbare Wandgemälde entdeckt worden waren. Ein italienischer Meister, der wohl in Vorzeiten von Süden her über die Berge gekommen war, hatte sie hinterlassen. Große maskuline Engel mit starken Muskeln waren bei Renovationsarbeiten plötzlich sicht- bar geworden. Sie scharten sich um den höchsten Richter, der inmitten der himmlischen Heerscharen mit einem so sanften Gesicht ruhte, dass schon mancher harte Sünder ungewollt von so etwas wie Reue angefallen worden ist.

Zu dieser kleinen Kirche ging nun, fast drei Jahrzehnte später, Eva Boland, um sie zu besichtigen, wie ihr das der Hotelbesitzer empfohlen hatte.

Fünf Tage waren vergangen, seit sie im Bergtal lebte, fünf strahlende Tage und stille Nächte, aber Eva fühlte, dass sie noch nicht wirklich angekommen war.

Eva betrat die kleine Kirche, bekreuzigte sich und setzte sich in eine Bank. Das Gebäude aus dem 14. Jahrhundert war harmonisch und schön, die Kanzel aus Kirschholz sparsam geschnitzt, der Steinboden glänzte. An hellgelben Wänden hingen in einfachen, goldenen Rahmen die Bilder des Kreuzwegs, darüber breitete sich das berühmte Fresko mit dem jüngsten Gericht aus. Es war aber in der kommenden Dämmerung nur schlecht zu sehen. Auch der Madonnen-Altar in der Felsenwand war nicht deutlich zu sehen. Ein Sonnenstrahl kam von rechts durch ein Fenster und bildete einen Schrägbalken aus Licht im Chor, in dem ein einfacher, mit einer weißen Decke belegter Altar stand. Kein Prunk, kein Aufwand, nur Harmonie, war in dem Raum. Und dieser schräge Lichtstrahl, der den Blick auf sich zog.

Vielleicht war es gerade diese Einfachheit und Harmonie und das diskrete Dämmerlicht, die Eva plötzlich dazu brachten, sich ihre Verwirrung einzugestehen. Sie, die sich und die Ereignisse stets fest im Griff hatte, so weit das überhaupt möglich war, sie, die sich von niemandem etwas sagen und befehlen ließ, sie, die sich ein Leben lang stark gefühlt hatte, sie saß nun da und fühlte den Wunsch, zu weinen. Einfach zu weinen, wie ein verlorenes Kind. In ihrer Brust war ein Schluchzen, das sie noch zu verscheuchen versuchte. Was ging sie das an? Sie verkrampfte ihre Hände und kämpfte gegen sich. Aber trotzdem begann ihr Atem zu stocken und zu stottern. Das Schluchzen wollte sich nicht abweisen lassen.

Dann wurde ihr plötzlich alles zu viel: Die Wochen an Pablitos Bett, das sehnsüchtige Warten auf sein Erwachen, das sich langsam in eine bleierne Hoffnungslosigkeit verwandelte, die Begegnung mit dieser seltsamen Anna Töpfer – und dann diese Gänge zu dieser Höhle. Eva fühlte sich gedemütigt. Was sollte sie da? Was sollte das alles?

Sie hatte alles getan, wie es ihr befohlen worden war. Sie hatte Margriten und Löwenzahn gepflückt und zu einem kleinen Strauß gebunden. Das hatte ihr eigentlich Spaß gemacht, aber das mochte sie jetzt, in diesem Moment, nicht zugeben. Und dann war sie in diese kühle Höhle gegangen und hatte sich folgsam auf einen Stein gesetzt. Aber nichts geschah! Sie hatte auf die Geräusche des Waldes draußen gehorcht und den Fels betrachtet. Es gab Reste von Feuern, die hier gebrannt hatten, einige Zigarettenstummel und eine Bierdose in der Ecke. Ihr war kalt geworden. Draußen schien die Sonne golden und verführerisch. Aber sie musste drinnen bleiben. Eva hatte immer wieder auf die Uhr geblickt. Die Zeit wollte nicht vergehen. Noch immer verblieben acht unerträglich lange Minuten.

Voller Unbehagen hatte sie auf die Blumen gestarrt, die vor ihr auf dem Boden lagen, zartes Weiß, zartes Gelb, zartes Grün auf dem feuchten, gestampften Lehmboden. So zerbrechlich, so vergänglich. Sie sah Pablo, ihren Mann, wie er abgemagert in den Kissen lag. Nein, sie wollte nicht daran denken. Ihr fiel ein, dass sie auf ihren Atem achten sollte. Ein – aus – ein – aus. Die Blumen sind für Pablo. Ein - aus. Aus. Die zehn Minuten waren um, Eva war benommen gewesen, als sie endlich wieder ins warme Licht trat. Und sehr erleichtert, dass die Prozedur hinter ihr lag.

Der nächste Tag war nicht besser gewesen! Wie lange konnten zehn Minuten sein! Diese schmutzige Höhle, was hatte sich wohl diese Frau gedacht. In was für eine Lage hatte sich Eva gebracht! Vor Aufbegehren vergaß sie an diesem Tag, die Blumen jemandem zu widmen und auf ihren Atem zu achten. Immerhin vergingen die zehn Minuten etwas rascher.

Der dritte Tag ging wieder nur schleppend vorbei und der vierte war entsetzlich gewesen. Eva hatte die Blumen für Pablo hingelegt und sich brav auf ihren Atem konzentriert. Und plötzlich fühlte sie etwas in sich aufsteigen, für das sie zuerst keinen Namen fand. Es war fremd und schien gefährlich zu sein. Eva versuchte, es gar nicht zu fühlen. Das funktionierte für eine Weile. Aber plötzlich ertappte sie sich dabei, dass sie Lust hatte, die Blumen zu zerstampfen.

Und da wurde ihr klar, dass sie wütend war. Voller Schreck floh sie ins Sonnenlicht.

Wie alle Tage machte sie nach dem Gang in die Höhle einen weiten Spaziergang. Sie lief sich müde. Und sie lenkte sich ab, indem sie in stark besuchten Lokalen Kaffee trank und aß, um unter Menschen zu sein. Sie beobachtet das Geschehen um sich her und wenn sie Glück hatte, konnte sie mit jemandem ein paar Worte wechseln. Denn so allein wie in diesen Tagen hatte sich Eva noch nie gefühlt.

Sie war eine behütete Frau gewesen. Immer gab es jemand um sie herum: Freunde, Familienmitglieder oder doch zumindest ein Zimmermädchen oder eine Köchin, mit denen sich im Notfall ein paar Sätze austauschen ließen. Und später war ja Pablito da. An sein Bettchen flüchtete sie, wenn sie keinen Schlaf fand. Dann sah sie auf das Kind, dessen ruhige Atemzüge sie jeweils wieder zur Besinnung und zur Ruhe brachten, wenn die innere Leere so groß wurde, dass sie in sie hineinspringen und darin vergehen wollte.

Die Leere. Die Leere in den langen Nächten und die Leere in der Höhle heute Nachmittag, das war es, was Eva zu viel wurde und was sie nun unbeherrscht aufschluchzen ließ. Noch versuchte sie, die Tränen zurückzuhalten, was ihr aber immer schlechter gelang. Und schließlich gab sie nach. Sie kniete sich hin, hielt sich ein Taschentuch vor die Augen und erlaubte sich endlich zu weinen. All ihre Erschöpfung, ihre Wut und ihre Verwirrung verwandelten sich in Tränen.

Lange kniete sie so und weinte sich leer. Und dann fiel die Müdigkeit über sie her wie ein dämpfendes Polster und der Schmerz hörte auf. Sie setzte sich, bleiern und ohne Empfindung. Es war dunkel geworden in der Kirche. Und darum sah sie nun plötzlich vor sich die gnadenvolle Jungfrau im Felsenaltar, vor der eine Kerze brannte. Es war eine Madonna in hellblau und weiß, wie die Jungfrau aus Lourdes, die ihr als Kind so gut gefallen hatte mit ihrem weißen Kleid und der hellblauen Schärpe und dem süßen Lächeln auf den Lippen. Und an dieses Hellblau und Weiß klammerte sich nun ihre Verzweiflung und ihre Hoffnung und sie betete vorbehaltlos und inbrünstig wie seit Jahren, seit dem Tod von Pablo, nicht mehr: "Heilige Mutter Gottes, hilf mir." Und ihr war klar wie nie zuvor, dass sie schutzlos und schwach war und tatsächlich Hilfe nötig hatte.

10

Kaum war Annas Mutter beerdigt, schlug das milde Wetter um. Die ersten Herbststürme peitschten das Laub ums Haus, als Anna die Fensterläden verriegelte und die Türen sorgfältig verschloss. Sie war zur Abreise bereit.

Gleich nach der Abdankung, zu der die Gemeindeschwester und ein paar wenige Dorfbewohner erschienen waren, hatte Anna nach Genf telefoniert. Auf der spanischen Vertretung erfuhr sie, dass Brian versetzt sei und Ferien auf Lanzarote mache, bevor er seinen Dienst in Angola antreten werde. Anna telegrafierte an Manuel, dass sie mit dem nächsten Flug komme.

Die Reisetasche war gepackt, sämtliche Angelegenheiten erledigt. Und die vergangenen Wochen mit ihren Geschehnissen begannen bereits zu verschwimmen. Anna schaute vorwärts und sah nur Brian, seine braunen Augen, seine Zärtlichkeit. Sie spürte die Gewissheit, dass alles gut und richtig war. Die Differenzen der vergangenen Wochen waren vergessen. Sie wechselte von der Vergangenheit in die Zukunft mit einer spielenden Leichtigkeit: Als ob sie von einer Insel auf eine andere segelte. Und wie sie segelte! Die Erwartung auf das zukünftige Glück trieb sie vorwärts. Die Energie um sie war förmlich spürbar: Der Fahrtwind ihres Tempos.

Anna war unterwegs zu ihm, zu Brian. Mit ruhiger Sicherheit brachte sie die Fahrt durch das verkehrsreiche Unterland hinter sich. Mit Engelsgeduld wartete sie, bis eine ungeschickte Hostess endlich ihr Ticket ausgestellt hatte. Die Wartestunden bis zum Flug verbrachte sie ruhig in einem Sessel. Sie träumte während Stunden vor sich hin, bis endlich der Aufruf für Arrecife aus dem Lautsprecher kam. Strahlend begrüßte sie die Hostess am Eingang der Kabine, als ob sie eine alte Bekannte wäre, lächelnd nickte sie die dicken Touristen an, die auf den Nebensitzen Platz nahmen. Und dann schloss sie die Augen und wartete auf die Vibration der Motoren, auf das Rumpeln und Schütteln, das sie hinauf und weg und zu Brian tragen würde. Später trank sie etwas Wasser - zum Essen war sie zu aufgeregt - und schlief ein Weilchen. Auch Lesen mochte sie nicht, weil nur etwas in ihr Platz hatte: Der Moment, in dem sie Brian in die Arme fallen würde. Immer und immer wieder erlebte sie die Szene: Die Spannung, die bis ins Unerträgliche anstieg, die letzten Meter und Zentimeter der Trennung, die überwunden werden mussten, und dann die erlösende Berührung: Zuerst mit den Händen, dann mit dem ganzen Körper. Dann die Wärme, die zwischen ihnen hochschoss, die Hast, mit der sich ihre Lippen suchten, Hals und Wangen streifend. Und endlich: der Kuss. Das Fühlen, das Versinken, der Atem des andern, die Ruhe, das Glück des sich Wiederfindens, des Zusammenseins.

Strahlend schaute Anna auf, als zollfreies Parfüm verkauft wurde. Und aus einer Laune des Augenblicks wählte sie einen blumigen, wilden Duft, der den kommenden, herrlichen Moment noch herrlicher, die Verführung noch verführerischer machen sollte.

Endlich die Landung. Die schwarze Insel, die geliebten Hügel, das saphirblaue Meer. Das Warten in der Schlange der Passkontrolle fiel ihr schwer. Die Spannung in ihr wuchs und wuchs. Endlich war sie durch! Nun mussten noch die Papiere für den Mietwagen ausgefüllt werden. Und als sie endlich im kleinen Holperauto unterwegs nach Süden fuhr, musste sie sich ermahnen und zusammennehmen um so auf den Verkehr zu achten, wie es sich gehört.

Das Wiedersehen mit den Palmen, den Tankstellen, den kleinen, weißen Häusern, den Kirchen: Anna sah kaum hin. Der Wind war stürmisch und der Himmel Saharastaub getrübt. Lanzarote zeigte sich von der schwierigen Seite. Aber Anna nahm es nicht wahr, fühlte nur die Straße, die unter ihr weg glitt und sie näher zu Brian brachte und zu dem Moment, wo sie ihn umarmen würde. Ihr Herz wollte ihr fast zerspringen und sie wunderte sich, dass sie überhaupt fähig war, ein Auto mit ruhiger Hand zu steuern.

Endlich die Abzweigung, die Kurven, die sich nach oben schraubten. Die Büsche und Palmen vom Wind gepeitscht. Und dann das Tal. Die frisch gepflügte rote Erde sah aus wie wehrloses aufgebrochenes Fleisch, zerrissen von einem gelben Himmel, der mit wütenden Winden darüber schoss. Anna sah es nicht, sah nur die Straße, auf der sie vorwärts fuhr, glücklich über jeden Meter, der sie näher zu ihrem Liebsten führte.

Dann das Dorf, die Kirche, die Aussichtsterrasse, von der aus man heute nichts sah. Anna parkierte direkt vor Manuels Bar. Auf dem kurzen Weg zur Tür stach ihr der windgepeitschte Sand aggressiv in die Wangen. Sie stürzte hinein.

Manuel stand gebückt hinter dem Tresen. Er richtete sich auf, sah Anna und erschrak. Und in dem Augenblick erschrak auch Anna und wusste, dass alles anders sein würde, als sie es sich vorgestellt hatte.

Manuel war dunkel und braungebrannt und darum war es unmöglich, dass er erbleichen konnte. Aber Anna nahm etwas wahr, dass vielleicht gar nicht mit den Augen sichtbar war, ein Anhalten, ein Stillstand, ein Absterben der Energie, die so reich durch diesen starken Mann floss. Etwas schien flau und fahl zu werden. Und auch Anna verließ die Kraft. Sie taumelte und musste sich an der Tür, die eben hinter ihr ins Schloss gefallen war, festhalten.

Und schon war Manuel bei ihr, umarmte sie und führte sie fürsorglich zu einem Stuhl. "Anna querida", sagte er, "wie schön Dich zu sehen. Komm setz dich, meine Kleine und trink etwas." Und dann, als er sie abgesetzt hatte, hielt er sie einen Moment am Nacken fest und sagte: "Du weißt, Brian ist nicht da."

"Brian ist nicht da." Nein, das hatte Anna nicht gewusst. Die Nachricht versetzte ihr einen, trockenen Schlag, der durch ihren ganzen Körper fuhr. Und so saß sie einfach da und sagte nichts, während Manuel einen Magenbitter für sie einschenkte und ihn mit einem Glas Wasser vor sie auf das abgenützte Tischchen stellte.

"Wir hatten Deine Adresse nicht, Querida, wir konnten Dich nicht erreichen. Aber Mercedes hat alles bereit gemacht, Du kannst bei uns wohnen. Ich bringe dich nachher gleich rüber." Manuel sprach sanft und beruhigend, kraftvoll und gütig, obwohl er sich hilflos fühlte und diesen Moment verfluchte. Und als Anna einfach stumm und bewegungslos vor ihm saß, versuchte er sie aufzumuntern: "Komm trink jetzt, Anna, das wird dir gut tun."

Und Anna trank folgsam und bedankte sich tonlos für seine Freundlichkeit und Fürsorglichkeit. Und während der ganzen Zeit saß sie wie in einer zweiten Person neben sich und beobachtete die Szene genau, nahm die Leere und die Sinnlosigkeit und auch die Lächerlichkeit der Situation wahr, betrachtete Anna, die in ihrem Schock gefroren war, realisierte die Verlegenheit, die sich hinter Manuels freundschaftlichem Verhalten versteckte. Und es war diese zweite Anna, die bereits jetzt wusste und spürte, dass alles so war, wie es hatte kommen müssen, dass in all dem eine entsetzliche Folgerichtigkeit und grausame Unausweichlichkeit lag.

Jetzt kam Mercedes hinein, die Annas Auto gehört und die Ankunft beobachtet hatte, fasste Anna an der Schulter und sagte ganz schlicht: "Komm, Anna, ich bringe Dich heim."

Und Anna reagierte, ohne zu wissen, was sie tat und ging hinter Mercedes hinaus.

Der Wind griff brutal nach den zwei Frauen, die sich nun über den Dorfplatz quälten. Mercedes hatte ein großes Tuch um sich gegen den fliegenden Sand zu schützen, Anna hingegen empfand ihre Ausgesetztheit fast als Erleichterung. Die Stiche des Sandes in ihrem

Gesicht, an ihrem Hals und an ihren Händen waren ihr willkommen, boten eine Art Halt gegen den Abgrund an Schmerz, der sich nun unter der Taubheit ihres Körpers zu regen begann und sie wegzuschwemmen drohte. Die Qual auf der Haut bedeutete ihr, dass sie noch vorhanden war.

"Möchtest Du etwas essen", fragte Mercedes, als sie im dunklen, stillen Haus angekommen waren. Und als Anna den Kopf schüttelte, beharrte sie: "Dann mache ich uns einen Tee, einen schönen Tee, mit einem schönen Brandy. Komm setzt Dich hierher, Anna, ich bring gleich alles."

Und Anna saß im dämmrigen Wohnzimmer, in dem ein Kerzenstock mit drei großen roten Kerzen brannte. Das Leder des Lehnstuhls war glatt und kühl. Anna zog sich unvermittelt etwas zusammen. Langsam wurde sie ein wenig wacher. Und schon stellte sich so etwas wie ein erstes, inneres Lächeln über ihre Situation ein: Es war ja auch wirklich zu merkwürdig, wie Manuel und Mercedes sie, die starke Anna, in irgend welche Stühle beförderten, damit sie ihnen nicht vor die Füße fiel!

Der Schock lockerte seinen Griff. Anna streckte sich ein wenig und dachte nach: Was war denn schon los? Brian war nicht da. Brian war sonst irgendwo. Das war kein Grund zur Panik.

Aber da war noch die zweite Anna und diese wusste, dass alles komplizierter war, als die verliebte Anna sich das wünschte. Letztere aber hatte sich jetzt gefasst, fühlte neue Kraft und neuen Mut in sich, stand auf, ging hin und her, und sagte, als Mercedes mit dem großen Tablett mit Kanne, Flasche und Tassen kam, fast munter: "Also erzähl, Mercedes, was ist los?"

Mercedes blieb vorerst stumm und stellte die Tassen auf den Tisch. Dann schenkte sie Tee ein und gab ohne zu fragen, Zucker und Brandy in die Tassen. "Trink", sagte sie und trank selbst in kleinen, ruhigen Schlucken.

So vergingen ein paar stille Minuten, die Anna zwangen, ruhig zu werden. Sie blickte in den Kerzenschein und fand ihren Atem und damit ihren Körper wieder, der sich sehr verletzlich anfühlte und fluchtbereit angespannt war, wie ein Reh am Waldrand, das Gefahr wittert.

"Brian kam vor etwa zwei Wochen", begann Mercedes, und nach kurzem Zögern, "und er kam nicht allein." Pause. "Er hatte eine hübsche Blondine bei sich, ein junges Mädchen, das anscheinend in Genf auf der Botschaft arbeitet."

Anna biss sich für einen Moment auf die Lippen, fasste sich aber wieder und trank von ihrem Tee.

"Er sagte mir, dass er sie schon lange kenne und dass sie sehr nett sei. Und er sagte, dass er sie heiraten werde."

Anna stellte die Tasse auf den Tisch, so hart, dass sie in der Untertasse schepperte.

"Sie kriegt ein Kind von ihm", fuhr Mercedes fort. "Sie waren nur ein paar Tage hier, dann flogen sie zu ihrer Familie in Galizien. Dort wird wohl Hochzeit sein. Denn er will Isabella, so heißt sie, nach Afrika mitnehmen."

Die Sätze trafen wie Peitschenschläge auf Anna. Es hielt sie nicht mehr im Stuhl. Sie stand abrupt auf, als ob sie sich aus der Teekanne nachschenken wollte, die am Ende des langen Tisches stand. Aber dann stellte sie die Tasse nur einfach hin und stand da. Sie hob die Arme, in einer fahrigen Bewegung, wie um etwas zu sagen oder abzuwehren, doch ließ sie diese wieder sinken. Mercedes sah voller Mitleid, wie diese kräftige, junge Frau, die sie in der Zeit ihrer kurzen Bekanntschaft so ins Herz geschlossen hatte, wie dieses Bild von Schönheit, Sicherheit und Stärke zerbröckelte und außer ein paar Gesten der Verwunderung und der Verwundung nichts mehr übrig blieb.

"Manuel hat ihn gefragt", fuhr Mercedes fort, um die entsetzliche Sache abzukürzen und hinter sich zu bringen: "Und was ist mit Anna? Und Brian hat traurig geantwortet: Nun ist es zu spät. Einer Frau wie Anna begegnet man nur einmal im Leben. Anna ist weit über allem. Aber sie war so lange weg. Und jetzt erwartet Isabella ein Kind.'"

Wieder schlug die betäubende Leere über Anna zusammen. Wieder war es, als ob das was geschah, nicht wirklich ihr geschähe, als ob alles ein böser Traum wäre, aus dem sie möglichst schnell erwachen wollte. Sie fühlte, dass die Kräfte sie verlassen wollten und drehte sich in einer Fluchtbewegung zur Tür. Dort klammerte sie sich an den Pfosten, lehnte sich mit dem ganzen Körper an und versteckte ihr leeres Gesicht.

Mercedes stand auf und umfasste sie von hinten. Ihre Körperwärme strömte in Annas verkrampften Rücken. So standen sie eine lange Weile, ohne Bewegung und ohne Geräusch. Nur ihre Atemzüge waren zu hören, flatternd die von Anna, tief und langsam die von Mercedes.

Endlich entspannte sich Anna ein wenig. Sie wurde weich, drehte sich um und verbarg mit einem tiefen Seufzer ihr Gesicht am Hals von Mercedes. Diese drückte sie und strich langsam und sanft Annas Wirbelsäule entlang. Wieder vergingen Minuten, bis Mercedes flüsterte: "Komm, Liebes, wir setzen uns."

Und so setzten sie sich, eng ineinander verschlungen, aufs Sofa, Anna wie ein Kind an Mercedes' Brust. Und die große Mutter streichelte sie, strich ihr das Haar aus dem Gesicht, betastete sanft die geschlossenen Augenlider, folgte dem Schwung ihrer Wangenlinie, berührte Kinn und Hals und Schultern, ja sogar Lippen und Ohrläppchen, mit zarten Fingerspitzen. Und Anna genoss die Zärtlichkeit und Liebe inmitten von ihrem Leid. Sie entspannte sich mehr und mehr und kuschelte sich eng an die weichen Brüste von Mercedes. Tief atmete sie den hellen Meer- und Windgeruch der weißen Haut und des üppigen roten Haares. Und ruhiger und ruhiger wurde sie, bis sie schließlich die Hand von Mercedes fasste, sie küsste und streichelte und auf ihr Herz drückte. Dann schlug sie die Augen auf und sah Mercedes groß an und seufzte:

"Und es war trotzdem alles richtig."

Mercedes sagte nichts, sondern fuhr fort, Anna leise zu wiegen und zu streicheln, wenn auch mechanischer jetzt, selber abwesender.

"Es war nichts falsch an uns, Mercedes", beharrte Anna mit leiser, fast trotziger Stimme. Und dann, sich aufsetzend, ohne sich aber aus der Umschlingung von Mercedes zu lösen:

"Es war keine Täuschung. Es war nichts verkehrt. Es war wunderbar." Sie schaute mit verklärtem Blick nach oben, als ob sie Worte suchte, weil es für das, was sie zu sagen hatte, keine fertigen Worte gab.

"Es war grösser als wir."

Jetzt löste sich Mercedes von ihr und setzte sich aufrecht und sagte mit rauer, belegter Stimme:

"Ja, ich weiß, es ist grösser als wir.

Und erst jetzt sah Anna wieder die andere und sah in ihrem Gesicht, dass auch sie die Zeichen des großen Verlustes und des großen Schmerzes trug, den sie nun in sich fühlte. Und sie sagte kaum hörbar:

"Mercedes auch Du?"

Und Mercedes nickte.

Die Erfahrung hatte sie zu Schwestern gemacht.

11

Der Sturmwind blies und Blätter stoben ums Haus, als Anna die Fensterläden öffnete. War dies der gleiche

Wind und waren dies die gleichen Blätter wie vor ein paar Tagen, als sie Fensterläden und Türen schloss um für immer weg zu gehen?

Es war jedenfalls nicht mehr die gleiche Frau, die hier am Fenster stand. Anna schaute hinaus ohne etwas zu sehen. Sie war wie in Trance, leer im Kopf und verwundet im Herzen. Sie fühlte nichts, roch nichts, hörte nichts. Sie selbst und alles um sie her schien wie aus schwarzem Glas: hart und undurchlässig, verletzlich zwar, aber tot. Etwas in Anna war endgültig zerbrochen. Es war die Gewissheit, die vorher die selbstverständliche Grundlage ihres Lebens gebildet hatte, die Gewissheit, dass alles auf eine geheimnisvolle Weise richtig sei.

Nun herrschten schwarze Leere und Chaos. Anna war sich nicht bewusst, was sich in diesem Moment in ihrem Leben veränderte. Auch wusste sie nicht, was es war, das sie verloren hatte. Sie fühlte einfach deutlich einen Verlust, einen Mangel. Und dies zerriss sie so sehr, dass sie nicht mehr spürte, wer sie war, noch was sie wollte, noch was sie tun sollte.

Ihr Zustand war eigentlich nicht einmal besonders schmerzhaft. Es erfüllte sje einfach eine unendliche Ratlosigkeit. Und die Gewissheit, dass nichts mehr so war wie zuvor.

Dieses Gefühl war stark und es hielt lange an. Auch als sich der Schock nach Tagen endlich zu lösen anfing. Und so war das erste, was sie in Angriff nahm, der Versuch, alles auszumerzen, was vorher gewesen war: Sie kündigte ihre Stellung und ihre Wohnung in Genf, unbeeindruckt vom Lamento ihrer Vorgesetzten, die ihr sogar rechtliche Schritte androhten. Zielgerichtet aber unbeteiligt wie in Trance erledigte sie die notwendigen Telefonate und schrieb die entsprechenden Briefe, immer in der knappen, präzisen Art, die typisch für sie war. Mit großer Übersicht schaffte sie sich den Raum, den sie brauchte um sich ihrer inneren Unordnung widmen zu können.

Dann war sie allein in dem freundlichen, aber jetzt sehr einsamen Haus, eingesperrt in ihre innere Leere, in die vier Wände und in die Winterkälte, die sich nun immer intensiver über das Tal legte und das Haus mit Eis und Schnee und beißenden Winden belagerte.

Und Anna belagerte sich selber: Sie setzte sich ihrem Schmerz und ihren wechselnden Zuständen voll aus: Stundenlang saß sie im Lehnstuhl und starrte ins leere Zimmer. Dann tauchten vielleicht Erinnerungsfetzen auf, Bilder aus der Kindheit, aus den glücklichen Tagen mit Brian, aus den Wochen, die sie zum Schluss mit ihrer Mutter verbracht hatte. Vielleicht aber blieb alles leer, und dumpfe Erschöpfung und nachtdunkles Nichts breiteten sich aus. Manchmal überwältigte sie Verzweiflung, die ihr durchs Fleisch fuhr wie ein Pflug, der die Erde aufschneidet und umdreht und nichts ganz lässt. Es waren die Momente, wo die Sehnsucht nach Brian sie packte, wo sie vom Verlangen, seine Hände auf sich zu spüren, geschüttelt wurde, wo sie gleichzeitig Liebe und wütigen Hass in sich spürte und fühlte, wie diese Gegensätze dabei waren, sie in Stücke zu reißen, immer und immer wieder, obwohl sie doch das Gefühl hatte, das gar nichts mehr vorhanden sei, das zerrissen werden könnte. Dann wieder kreisten ihre Gedanken und versumpften in endlosen Spiralen: "Was wäre gewesen wenn…Warum habe ich nicht…Warum hat er nicht"? Dazwischen schleppte sie sich in die Küche und aß eine Kleinigkeit. Oder sie sank ins Bett, in einen dumpfen, traumlosen Schlaf, aus dem sie müde und zerschlagen erwachte.

So verging mancher Tag, ohne dass Anna fähig gewesen wäre, einen klaren Gedanken zu fassen. Es war, als ob ihr Inneres, ihr früher so wacher und beobachtender Geist, zu Asche verbrannt und in Staub zerfallen wäre. Ihre innere Landschaft zeigte keine Erhebung mehr und keine Täler, keinen Baum und kein Wasser, sondern nur noch ein leeres Feld verbrannter Erde mit verschlackter Asche, das sich bis in die Unendlichkeit weitete. Und da erinnerte Anna sich eines Tages an ihren Angsttraum in der letzten Nacht mit Brian: Die Lava, die auf sie zu kroch und sie gefangen nahm, die Schwärze, die sie für alle Zeiten einzuschließen drohte.

Und plötzlich, wie ein Blitz schoss es in sie hinein. Und Anna sah vor sich die hellen Salzkristalle, nach denen sie im Traum gegriffen hatte und eben so plötzlich wusste sie: "Mein Kristall, mein Pendel...von dort kommt Hilfe. "Und sie rannte die Treppe hinauf in ihr Zimmer und suchte fieberhaft nach dem Kristall. Und als sie das Pendel nun ins Licht hielt, als sie es vor dem Fenster schwingen ließ und der silberhelle Einschluss vor ihren Augen aufblitzte, berührte sie etwas Unbekanntes und voller Dankbarkeit fühlte sie, das sie noch lebendig war. Und zum ersten Mal spürte sie wieder Hoffnung.

In dieser Nacht hatte sie einen erstaunlich klaren Traum: Mercedes lächelte sie an und nickte ihr aufmunternd zu. Anna hörte ihr rotes Haar knistern und roch deutlich einen salzigen Meergeruch.

Am nächsten Morgen erwachte Anna herrlich ausgeruht. Zum ersten Mal seit Wochen streckte sie sich genüsslich und fühlte ihren Körper. Der Frühstückstee lief warm durch ihre Speiseröhre.

Und Anna blickte in ihre Räume, als ob sie alles zum ersten Mal sähe. Sie beschloss, sich warm anzuziehen und einen langen Spaziergang zu machen.

Erfrischt und gereinigt von der kalten Luft kehrte sie zurück. Und jetzt überfiel sie ein mächtiger Tatendrang: Sie fing an, das Haus neu einzurichten. Sie begann mit dem Wohnraum, in dem sie die letzten

Wochen mit ihrer Mutter verbracht hatte. Sie schleppte Möbel in den Estrich und nahm die schweren Vorhänge von der Stange. Sie nahm alle Bilder von den Wänden, weil sie sich im Moment nicht entschließen konnte, welche von ihnen sie ansehen wollte. Den Teppich rollte sie zusammen und trug ihn in den Keller. Der Raum war nun leer und wirkte geräumig, aber auch karg wie eine Klosterzelle. Dies entsprach Annas Zustand. Sie wollte Leere: Mit nichts wollte sie anfangen, nichts Nutzloses wollte sie im Moment um sich dulden. Sie hatte sich aufs nackte Überleben reduziert.

Anna ging ins Dorf um Farbe zu kaufen. Dann strich sie die Wände weiß, bohnerte sorgfältig das helle Parkett und stellte einen Tisch ans Fenster, dazu einen Stuhl. Eine Woche war vergangen, und nun war sie bereit.

Fast feierlich war ihr zumute, als sie sich nun an den Tisch setzte und ihr Pendel aus dem Beutel nahm, in den sie es versorgt hatte. Wieder hielt sie den Kristall ins Licht des Fensters und ließ ihn sanft baumeln. Und wieder löste das silberne Blitzen des Einschlusses ein Gefühl von Hoffnung und Trost in ihr aus.

Was nun? Anna hatte keinen Plan und keine Ahnung, was sie wollte. Etwas ratlos verfolgte sie die Bewegung des Pendels und fragte sich, was sie nun als nächstes tun sollte. Da kam ihr etwas in den Sinn, das ihr sofort logisch und selbstverständlich schien. Da sie das Zimmer geleert und geputzt hatte, sollte sie nun auch das Pendel reinigen!

Sie ging in die Küche und hielt es lange unter das fließende Wasser. Dabei wurde der silberne Einschluss im Kristall fast lebendig. Und das wiederum brachte sie auf die Idee, dass sie den Stein auch noch mit etwas Lebendigem reinigen sollte. Da fiel ihr Blick auf das Bündel von getrockneten Gewürzen, das an der Wand hing. Sie nahm einige Zweige von Thymian und Salbei und rieb mit ihnen das Pendel ein. Aber das Ergebnis befriedigte sie nicht. Und so entdeckte sie das Räuchern.

Als sie die Kerze anzündete, wusste sie, dass sie auf dem richtigen Weg war: Nach dem Wasser würde nun das Feuer ihren Stein reinigen. Sie entzündete die Kräuter, indem sie diese in einem kleinen Abstand über die Flamme hielt. Weißer Rauch stieg auf. Anna ließ ihn um das Pendel gleiten und beobachtete, wie er den geraden Kanten des Kristalles entlang hoch stieg und sich in Kringel und Schleifen nach allen Seiten ausdehnte, um sich schließlich aufzulösen. Ein Gefühl von Wohlbehagen breitete sich in ihrem Körper aus, als ob der Rauch auch sie reinigen würde, durch sie mit seinen weichen Schleifen zöge und sie sanft innerlich berühre wie eine geliebte Zärtlichkeit. Sie atmete in tiefen Zügen und spürte die Freude, da zu sein.

Nachdem sie ihren Raum mit einer Schale mit den rauchenden Kräutern abgeschritten hatte, darauf achtend, dass die duftenden Schwaden auch gründlich in alle Ecken drangen, setzte sie sich wieder an den Tisch, nahm das Pendel in die Hand und fragte:

"Kannst du mir helfen?"

Das Pendel antwortete unverzüglich mit JA.

Aber wie? Anna wusste nicht, was sie weiter fragen sollte. Verschiedene Gedanken gingen ihr durch den Kopf, während sie fasziniert das Blinken und Blitzen des schwingenden Pendels verfolgte. Und mit ihren Gedanken wechselten die Bewegungen des Kristalls, verneinend, bejahend, ungewiss, unklar. Anna begriff, dass sie klare Voraussetzungen schaffen musste um zu klaren Ergebnissen zu kommen. Und da sie gerade Durst verspürte, kam sie auf die Idee, den Kristall zu fragen, was sie trinken solle.

Sie erstellte eine Liste von allem, was sie im Hause

hatte. Und dann fragte sie Zeile um Zeile. Zwölf Getränke standen da, sieben Mal sagte das Pendel "nein", drei mal blieb es neutral, einmal antworte es "ja" und einmal "ich weiß nicht".

Annas Forscherdrang war aber noch nicht befriedigt. Bevor sie sich das bezeichnete Getränk, es war übrigens Wasser, holte, nummerierte sie ihre Liste und pendelte diesmal die Nummern durch. Und tatsächlich: Nr. 9, Wasser, wurde ihr wiederum empfohlen.

Das war der Anfang einer langen Reihe von Befragungen, die Anna nun Tag für Tag durchführte. Am Anfang untersuchte sie Fragen des Alltags, "Was essen, welche Farbe tragen, was lesen, wann die Topfpflanzen gießen"? Dann probierte sie Neues: Sie pendelte das Wetter des kommenden Tages aus. Und tatsächlich: Die Sonne erschien oder war von Wolken bedeckt, genau wie sie es im Voraus erfahren hatte.

Dann entdeckte sie das Auspendeln von Materialien. Voller Faszination erlebte sie die verschiedenen Reaktionen des Pendels auf Eisen, Kupfer, Messing, Silber und Gold. Sie erlebte, dass die Dinge so etwas wie eine Aura um sich hatten, die sich dadurch zeigte, dass das Pendel bei Annäherung an einen Gegenstand gleichsam gegen eine verdichtete Atmosphäre stieß. Sie stellte fest, dass dieses verdichtete Feld um elektrische Geräte und Topfpflanzen auffallend groß war, wobei es sich bei Pflanzen angenehm leicht anfühlte, bei Elektrogeräten von einer Intensität war, die einen leichten Juckreiz auslöste. Kieselsteine übten das Gefühl von Schwere aus und hatten ein Feld, das nur wenige Zentimeter über sie hinausragte, während größere Kristalle sich im Unsichtbaren so weit ausdehnten, dass Anna von Stuhl aufstehen und über die Tischkante hinaus das Pendel schwingen lassen musste.

Anna testete alles, was sie im Haus fand und erlebte

die Welt auf eine neue und unerwartete Art: Als eine Skala von Intensitäten, die sie langsam auseinander zu halten lernte. Dann fing sie an, sich selber zu testen. Sie verbarg kleine Gegenstände aus verschiedenen Materialien in Briefumschlägen und versuchte herauszufinden, was wo steckte. Der Versuch gelang, wobei das Wissen auf zwei verschiedene Arten zu Anna kam: Sie konnte über jedem Umschlag fragen "Ist da die Münze?" und sich auf die bejahende Antwort verlassen. Oder sie konnte die Intensitäten der verschiedenen Gegenstände über das Pendel auf sich wirken lassen und durch Vergleichen den Schluss ziehen, in welchem Umschlag die Münze aus Metall stecken musste. Auf diese Weise prüfte sie ihr Gespür für immer mehr Materialien. Ihr Unterscheidungsvermögen wuchs. Langsam entwickelte Anna ein Gefühl für wohltuende und für schädliche Stoffe, ohne dass sie hätte erklären können, wie diese Einteilung zustande kam.

Und so schulte Anna sich weiter, getrieben von einem unerklärlichen Impuls, in dem sich Neugier, Entdeckerfreude und die Angst vor der inneren Leere und dem Schmerz um Brian mischten. Dabei kam ihr ihre kühle Gründlichkeit zustatten, die sie zwang, systematisch vorzugehen und die Ergebnisse ihrer Forschung sauber auseinander zu halten. Und sie profitierte von der außerordentlichen Konzentrationsfähigkeit, die sie schon damals als Kind ausgezeichnet hatte.

12

Hundertzwanzig Mal zwölf Wochen war Anna durchs Leben gegangen, mit der selbstverständlichen Gewissheit, dass alles so sei, wie es sein müsse. Mit großen Augen und großer Intensität hatte sie ihre Umwelt beobachtet, neugierig, durchdringend, Schlüsse ziehend und lernend. Nie aber hatte sie sich oder die Ereignisse in Frage gestellt. So hatte sie ihre Kindheit verlebt, als Vierjährige ihren Vater verschwinden sehen, dann Schule und Jugendzeit hinter sich gebracht. Sie hatte Freundschaften geschlossen und wieder aufgelöst. Sie hatte ihren Körper und den von ein paar jungen Männern kennen gelernt. Sie war von den Bergen ins Unterland und vom Dorf in immer größere Städte gezogen. Und sie hatte begriffen, wie der Teil der Welt funktioniert, in dem man Politik und Geld macht. Anna hatte kein Ziel und sie hatte sich nie vorgeworfen, keines zu haben. Anna war jeden Morgen wie neu erwacht und war ohne Erwartung in den neuen Tag hineingegangen. Sie hatte erledigt, was zu erledigen war, so gut wie sie es irgendwie konnte. Und sie konnte es gut. So waren die Jahre vergangen. Und sie war ihren Weg vorangeschritten, ohne über sich nachzudenken. Sie hatte vieles registriert und aus dem Verhalten ihrer Umgebung gelernt. Aber sie urteilte nicht.

Doch dann war Brian in ihr Leben getreten und alles hatte sich verändert. Die Ekstase hatte sie vom Boden hochgehoben wie eine Wolke und alles unter ihr verweht, was vorher war. Die Zeit, die Welt, die Umgebung, die Aufgaben, alles, was vorher klar, stabil, wichtig und selbstverständlich gewesen war, verblasste und löste sich auf. Zwar "funktionierte" sie noch, sie erledigte nach wie vor alles, was zu erledigen war. Aber sie war nicht mehr so richtig bei der Sache. Sie war bei Brian, in einer nicht endenwollenden Umarmung. In jeder Minute des Tages, bei jeder Tätigkeit, in jedem Gespräch spürte sie ihn und eigentlich nur ihn. Bis endlich der Abend kam, wo sie nach Hause stürzen und tatsächlich in seine Arme fallen konnte.

Dieser Zustand der totalen Verschmelzung hatte

zwölf Wochen gedauert, Wochen, die vergangen waren wie ein einziger Tag. Aber es blieb ein Gefühl, als ob sie zwanzig intensive Jahre verlebt hätten, als ob sie sich immer gekannt hätten, als ob sie immer voneinander gewusst hätten und nur darauf gewartet hätten, sich endlich zu finden und zu umarmen. Aber auch in diesen zwölf Wochen der unsagbaren Vertrautheit stellte sich Anna keine Fragen. Sie erforschte weder Brian, noch sich, noch ihre Verbindung. Sie lebte einfach, sie lebte in vollen Zügen und genoss bewusst jede Sekunde ohne sich je zu wundern, wie eine solche Liebe möglich sei und was aus ihr werden würde.

Dann war da plötzlich die Krankheit der Mutter. Anna war ohne Zögern ins Dorf zurückgekehrt. Sie gehörte jetzt ans Bett ihrer Mutter, das schien ihr fraglos und selbstverständlich. Und eben so selbstverständlich und klar fühlte sie, dass ihre Trennung von Brian eigentlich nichts bedeuten konnte. Sie war so sehr eins mit ihm: Er war sie und sie war er. Und die Trennung war gar keine. Die stille Harmonie im Haus, das goldene Licht, das über den ruhigen Tagen der zwei Frauen lag, bestärkte sie zudem in dem Gefühl, dass alles seine Richtigkeit hatte. Die Ungeduld und die Unruhe, die sie in Brian spürte, wenn er mit ihr am Telefon sprach, fühlte sie zwar und sie war realistisch genug, die Schwierigkeit wahrzunehmen. Aber sie hielt das für ein vorübergehendes Problem, eine reine Äußerlichkeit, die ihre Beziehung erschweren, aber niemals im Kern angreifen würde. Es machte sie zwar traurig, erschütterte aber ihre Sicherheit und Zuversicht nicht.

Und dann kam jener warme Spätherbsttag, an dem Anna ihre Mutter beerdigte. Zwölf Wochen war das her, dass Anna zu Brian flog. Zu Brian, der nicht mehr da war. Zu Brian, der nie mehr für sie da sein würde.

In jenem Moment zerbrach die Selbstverständlichkeit, die Anna durch ihr bisheriges Leben getragen hatte. Ein einziger Augenblick ließ in Nichts zerschellen, was sie gewesen war, was sie kannte, was sie wusste. Der Schock war total. Das einzige, was sie rettete, war ihre dumpfe Empfindung, dass alles einen Sinn haben müsse, dass dieser Verlust nicht einfach nur brutal und sinnlos sein könne.

Und wieder kam ihr ihre pragmatische Art zu Hilfe. Sie beschloss unbewusst, nicht nachzudenken, sich nichts zu fragen, sondern sich einfach aufs Überleben zu konzentrieren. Mit den Pendelübungen schaffte sie sich eine notwendige Ablenkung, einen Raum zwischen sich und dem Schmerz. Ihr Forschungsprogramm wurde ihr zum Lebensinhalt, der im Moment alles ersetzte und neue Gewissheiten schuf, nachdem die alten verloren gegangen waren.

Und so waren wiederum zwölf Wochen vergangen, neun Monate, seit der Begegnung mit Brian. Die Zeit einer Schwangerschaft. Und nun erwachte tatsächlich etwas in Anna: Der Wunsch, sich wieder zu finden, sich wieder zu fühlen, zu verstehen, was eigentlich mit ihr geschehen war. War sie dabei, von Brian zu genesen? Hatte sie den Verlust und die Enttäuschung bereits verwunden? Anna fragte sich nicht, aber sie fühlte, als nun die Tage länger und die Winde etwas milder wurden, dass sie sich selbst neu und erneut auf die Welt bringen müsse.

Sie begann, häufige und immer ausgedehntere Spaziergänge zu unternehmen. Und sie fühlte, dass sie all dem davonlief, was sie quälte. Aber nicht im Sinn einer Flucht. Viel eher sah sie sich als eine Pflanze, die wuchs und Abstand gewann zu dem Ort, von dem sie stammte. Sie genoss das hellgrüne Licht zwischen den Bäumen und horchte auf die Vögel. Und manchmal sprachen sie wieder zu ihr, wie damals, als sie als Kind durch einen verzauberten Wald gegangen war und mit den Tieren sprach.

Auf ihren Rundgängen traf sie auf die Dörfler. Am Anfang grüßte sie nur einfach, doch mit der Zeit ergab es sich, dass jeweils jemand stehen blieb und ein paar Worte mit ihr wechselte. Auch wenn sie ins Dorf ging, blieb sie nun im Laden oder am Bankschalter für einen kurzen Moment stehen und tauschte ein paar freundliche Sätze aus. Anna war zu den Menschen zurückgekehrt. Und als die Sonne und die Erde wärmer wurde, begann sie mit der Gartenarbeit.

Anna hatte von ihrer Mutter ein schuldenfreies Haus und ein bescheidenes Vermögen geerbt. Aus der Zeit ihrer Berufstätigkeit war zudem einiges an Erspartem vorhanden. Mit einem sehr genügsamen Lebensstil würde sie die nächsten Jahre davon leben können. Nachher würde sie weiter sehen. Vielleicht könnte sie einen Teil des großen Grundstücks verkaufen. Oder wieder einen Beruf annehmen. Anna plante nichts Genaues, aber sie wollte nun, wie ihre Mutter, den Garten bepflanzen um davon zu leben.

Die Gartenarbeit wurde ihr zur Freude: Die warme, krümelige Erde zwischen den Fingern, die kleinen, hellgrünen Pflanzen, die sich so tapfer streckten und Blatt um Blatt hervorbrachten, die glänzenden Käfer und flirrenden Fliegenflügel, die irisierende Blitze warfen, das alles entzückte sie. Und ihre innere Leere füllte sich mehr und mehr. Wie sich im Lauf der Jahrhunderte auf der vom Vulkan verbrannten Erde langsam Flechten und dann kleine Trockenbüsche ansiedeln, wie aus dem Nichts immer mehr Pflanzen und Tiere auftauchen, so wurde ihre Innenwelt langsam aber sicher wieder bewegt und lebendig. Anna rührte nicht daran und ließ es geschehen. Aber diesmal beobachtete sie mit vollem Bewusstsein, wie ihre Seele sich regte, sich dehnte, wuchs und sich verzweigte. Und sie spürte das Versprechen in sich, dass irgend einmal wieder Knospen in ihr schwellen würden, dass sich neue und herrliche Formen in ihr entfalten würden, wie sie das an den Blättern und Blüten ihres Gartens beobachtete.

Abends arbeitete sie noch immer häufig mit dem Pendel. Sie erkundigte sich nach der richtigen Behandlung ihrer Pflanzen, nach Politik und Wetter. Aber jetzt fragte sie auch nach sich. Was hatte sie verkehrt gemacht? War sie einfach unaufmerksam und dumm gewesen? Hatte sie ihren Schmerz selber verursacht? War Brian an allem schuld?

Diese Selbsterforschung zeigte ihr vieles. Sie sah ihre Verletzung und nahm sie an. Sie erlaubte sich Zorn und Wut und fühlte deren belebende Kraft. Sie erkannte mehr und mehr ihre Stärken und ihre Schwächen. Vor allem aber gewann sie langsam ihre alte Zuversicht zurück, dass alles seine Richtigkeit habe. Die Arbeit mit dem Pendel verstärkte die Sicherheit in ihr, dass an der Geschichte mit Brian nichts verkehrt gewesen war. Im Gegenteil: Ihr wurde immer deutlicher, dass ihr mit dieser Begegnung eine seltene Gnade und einmalige Schönheit widerfahren war. Je weiter sie in den Sommer hineinwuchs, desto grösser wurde ihre Dankbarkeit, das erlebt zu haben, was sie erlebt hatte. Und sie verstand, dass die Trennung von Brian Schicksal war. Und dass ihre Reaktion darauf, ihr unerträglicher Schmerz, unvermeidlich und notwendig war. Ihr kam es so vor, als ob sie früher geschlafen hätte und diesen Schock gebraucht hätte, um aufzuwachen.

Und so war die Liebe zu Brian ihr Lehrmeister geworden. Sie dachte voller Dankbarkeit und Zärtlichkeit an diesen Mann, der sie so sehr verletzt hatte. Sie wusste nicht, warum er einfach gegangen war, und sie verstand, dass sie nur seine Seele, nie aber seine Person gekannt hatte. Manchmal noch mischten sich Sehnsucht und Trauer in ihre Gedanken. Aber immer häufiger spürte sie eine Gelassenheit, aus der heraus sie sich sagte: Es ist, wie es ist und es ist gut so.

Jahre zogen vorbei. Anna lebte friedlich und zurückgezogen für ihren Garten und ihre Gedanken. Harmonie lag über ihr und ihrem Haus und die Tage vergingen gleichförmig und voller Ruhe. Bis Anna eines Abends eine seltsame Begegnung hatte:

Im Salatbeet lag ein Igel. Er rollte sich halbwegs ein, als sie mit liebevoller Stimme auf ihn einsprach. Daran war nichts Ungewöhnliches. Merkwürdig aber war, dass er ihr wie ein Hündchen zum Haus folgte, als sie hineingehen wollte. Sie konnte es kaum glauben, wie er ihr da im Abstand von etwa zwei Metern folgte, mit huschenden, diskreten Bewegungen, als ob er sich nicht ganz trauen würde.

Anna sah ihm eine Weile zu, dann ging sie hinein. Aber irgendwie hielt es sie nicht im Hause und die Unruhe trieb sie ans Fenster. Sie konnte den Igel nicht sehen. Sie war erleichtert, ging aber trotzdem zur Haustür. Und da lag er auf der Schwelle, regungslos.

Anna war keine Romantikerin, aber jetzt kam es ihr doch so vor, als ob der Igel Hilfe bei ihr suchen würde. "Ist was mit Dir?" fragte sie. Und wie zur Bestätigung kam das Tier zwei Schrittchen auf sie zu. "Na gut, wenn Du unbedingt willst", fuhr sie fort, "wart mal, ich hole eine Schachtel."

Und so geschah es. Sie packte ihn in einen offenen Karton, stellte ihn auf ihren Arbeitstisch und holte ihr Pendel hervor. Der Igel lag bewegungslos. Aber als sie jetzt über ihm pendelte, fühlte sie, dass es ihm schlecht ging. Eine graue, fast filzige Aura schien ihn zu erdrücken. Und ihr war, als ob sie seine piepsende Stimme hören würde, die sich beklagte: Er hatte Angst und Schmerzen, er war müde, er fühlte sich krank und vergiftet.

Anna war ratlos. Auch traute sie ihren Empfindungen nicht so ganz. Allerdings, der Igel lag erstaunlich ruhig, seine Augen waren etwas milchig und die schwarze, stecknadelkopfgroße Nase schien trüb.

"Bist Du wirklich krank, Kleiner?" fragte Anna sanft. Und wieder machte er zwei kleine Schrittchen auf sie zu, als ob er antworten wollte. Anna konzentrierte sich von neuem und pendelte. Sie machte sich leer und stellte sich auf die Frage ein, was das Richtige für den Igel sei. Dann "sah" sie Farnkräuter und sie verstand, dass sie ihn in ein Bett von Farnkräutern packen sollte. Und dann "sah" sie, wie sie die Hände über die Schachtel hielt und wie so etwas wie ein Regen aus Goldflitter aus ihnen strömte und auf den im Grün versteckten Igel niederging. Sie wusste, dass es drei Tage dauern würde. Und sie wusste, dass sie ihm ein Schüsselchen Wasser und ein Schüsselchen Schafgarbentee in die Schachtel stellen sollte. Und dann "hörte" sie ihn husten und kratzen und wusste, das würde das Zeichen sein, dass er nun gesund sei.

Und genau so geschah es. Sie pflückte im Schatten hinter dem Haus ein großes Büschel Farn und packte den Igel hinein, so dass er ganz zugedeckt war. Dann stellte sie ihm mit Wasser und Tee gefüllte Schälchen in die Ecke der Schachtel. Und schließlich breitete sie die Hände über ihm aus, wie es ihr ihre Gedanken eingegeben hatten. Sie spürte in der Mitte ihrer Handflächen ein Kitzeln und Ziehen und war erstaunt, wie lange sie die Hände ausgestreckt halten konnte, ohne dass ihre Arme ermüdeten.

Sie "behandelte" das Tier zwei Mal am Tag jeweils ungefähr zehn Minuten lang und füllte am Morgen jeweils die Schälchen neu. Denn der Igel, der sich tagsüber nicht regte, trank offenbar in der Nacht alles aus, bevor er sich wieder tief im Farnkraut versteckte.

Als sie am vierten Morgen nach ihm guckte, hatte er das Kraut zur Seite gefegt. Er hob den Kopf und sah sie mit glänzenden Augen fröhlich an. Sein winziges Näschen bewegte sich schnuppernd. Er sah sehr pfiffig aus. Und dann hustete er, trippelte an den Schachtelrand und kratzte und warf sich dagegen. Und Anna verstand, dass er raus wollte.

Als sie ihn vor der Haustür auf den Gartenweg hob, blieb er einen Moment lang stehen, schaute schnuppernd an ihr hoch, ging ein paar Schrittchen auf sie zu und guckte noch einmal. Dann kehrte er um und trollte sich in Richtung der Gartenbeete davon.

Anna blieb verwundert zurück. Hatte sie jetzt diesen Igel tatsächlich geheilt oder hatte sie einfach ein merkwürdiges Spiel mit sich gespielt?

Die Merkwürdigkeiten begannen sich aber zu häufen. Eine Lilie, die der Wind geknickt hatte, stand wieder fest, nachdem Anna sie aufgestellt und ihr über den Stängel gestrichen hatte. Und plötzlich bedankten sich Menschen bei ihr, denen sie, ohne viel zu denken, einen Tipp oder eine Anregung gegeben hatte.

Auf einem Spaziergang traf Anna eines Tages eine Bauersfrau, die in der Nähe wohnte. Und diese fragte sie ganz unvermittelt, ob Anna nichts wüsste, was gegen den Hautausschlag ihres Kindes helfen könnte. Anna antwortete, ohne zu überlegen und zu wissen, warum: Sie hätte doch sicher Ringelblumen im Garten und solle es doch einmal mit einem Aufguss davon versuchen. Waschungen mit Ringelblumentee. Zehn Tage später kam das Mädchen mit einer Tüte voll Eiern und sagte: Die Mama lasse danken, die Ringelblumen hätten geholfen.

Und von da an wurde Anna immer häufiger um Rat gefragt, den zu erteilen sie sich eigentlich gar nicht für befugt hielt. Aber es ergab sich einfach so, dass immer mehr Leute ein immer größeres Vertrauen zu ihr fassten. Sie kamen zu ihr, sie pendelte für sie und suchte nach Krankheitsursachen und fand Hilfe. Und schließlich hieß es im ganzen Tal, Anna sei eine Heilerin. Sie selber allerdings wollte es nicht so recht glauben. Als aber immer mehr Leute behaupteten, sie würden ihr Heilung und Hilfe verdanken, gewöhnte sie sich schließlich an den Gedanken.

Und dann kam der Tag, an dem eine Frau, deren Kind Anna gerettet hatte, ihr einen kleinen Aquamarin schenkte wollte. Die Frau brach in Tränen aus, als Anna sich weigerte, ihn anzunehmen. Da begriff Anna, dass sie ihre Gabe und den Dank akzeptieren musste. Sie nahm den Stein entgegen und fühlte selber große Dankbarkeit. Und sie heftete den kleinen Anhänger als Zeichen an die Kette des Pendels.

So wuchs Anna in eine Rolle, die sie nie gesucht hatte. Fast täglich empfing sie Menschen, die ihren Rat suchten. Oft empfahl sie Kräuter, aber eben so oft die Umstellung der Ernährung. Häufig mussten aber auch geistige Haltungen korrigiert werden, denn viele Krankheiten entstehen aus inneren Konflikten, aus uneingestandener Wut oder Schuld oder aus der Unmöglichkeit, Fakten zu akzeptieren und Verletzungen zu verzeihen.

Entspannung und Ausgleich fand Anna auf ihren Spaziergängen, im Garten und beim Pendeln, das sie weiterhin für sich betrieb. So fand sie immer mehr heraus über die Eigenschaften der Welt der Gegenstände und drang immer tiefer ein, in die Zusammenhänge zwischen Sein und Zeit.

Eines Abends saß sie beim Pendeln. Sie wollte herausfinden, welcher Nährstoff der beste sei für eine Azalee, die ihr kränklich vorkam. Sie hielt das Pendel in der rechten Hand, in der linken Hand einen Bleistift, mit dem sie auf verschiedene Stoffe zeigte, die sie auf ihrem Block notiert hatte. Und plötzlich geschah etwas Ungewöhnliches: Die linke Hand fing an, der Bewegung des Pendels zu folgen und Striche und Kreise auf den Block zu zeichnen. Anna beobachtete fasziniert, wie merkwürdige Figuren auf dem Papier entstanden.

Als sie damit fertig war, versenkte sie sich in die Muster. Und dabei machte sie eine verblüffende Feststellung: Die Figuren "sprachen" zu ihr! Sie brauchte in Gedanken nur irgend eine Frage zu formulieren und schon konnte sie aus der Zeichnung die Antwort ablesen. Antworten auf fast beliebige Fragen! Eine einzige Zeichnung gab ihr Auskunft über den kommenden Tag, über das Problem, das man ihr vorlegen würde, den Ratschlag, den sie erteilen sollte, aber auch das Wetter, die politische Lage, alles mögliche, zeichnete sich in dem Gebilde ab.

Natürlich dauerte es eine lange Zeit und viele Zeichnungen waren entstanden, bis Anna all dies herausgefunden und bis sich die Zuverlässigkeit des Systems erwiesen hatte. Aber dann war das Zeichnen zu einem wichtigen Teil ihres Lebens geworden. Immer größere, immer komplexere und immer faszinierendere Werke entstanden, die nicht nur das Auge mit ihrer Schönheit erfreuten, sondern auch ungeheure Mengen an Information enthielten, die Anna nun plötzlich zugänglich war.

Zeichnen, Muster entstehen zu sehen und Farben zu wählen, mit denen sie die Formen ausmalte, das wurde zur großen Freude und Befriedigung ihres Lebens. Und auch jetzt saß sie am Tisch und bemalte eine Fläche sorgfältig, leicht und gekonnt mit einem zarten Himmelblau, als die Türglocke zweimal schrillte.

Der Postbote war da und brachte ein schweres Paket aus Spanien. Das Fotoalbum von Eva Boland.

Warum nur war Anna so langsam? Sorgfältig löste sie mit dem Fingernagel den Knoten der Schnur, die das Paket zusammenhielt. Warum nahm sie nicht wie sonst den Brieföffner zu Hilfe? Bevor sie das Papier aufriss, studierte sie die Briefmarken. Der Kopf eines berühmten Malers trat bleich aus dunklem Grund hervor. Sie überprüfte die Zacken der Perforation, den Stempel, das Datum. Sie betrachtete die Handschrift, in der ihre Adresse mit dickem Stift geschrieben stand, als ob sie etwas in den Abständen zwischen den Buchstaben suchte.

Dann lag der dicke Lederband vor ihr. Aber Anna öffnete ihn nicht. Sie musterte die Narbung der Kalbshaut, untersuchte das nachgedunkelte Rot und beschnupperte unwillkürlich den Geruch, der leicht aus dem Leder aufstieg.

Anna versuchte, Zeit zu gewinnen. Sie fühlte wieder den Druck in sich aufsteigen, diese Beklemmung im Zwerchfell, die ihr das Atmen erschwerte. Etwas wie Angst stellte sich ein, und ein Fluchtreflex, der sie aber erstarren anstatt handeln ließ. So saß sie lange Minuten, bis sie schließlich das Fotoalbum aufschlug.

Auf der ersten Seite gab es ein einziges, großes Foto: Eva Boland im Brautschmuck an der Seite eines schönen, dunklen, jungen Mannes, der wohl Pablo sein musste. Er schaute sehr direkt aus der Fotografie heraus, mit diesem tiefen, dunklen Blick, der Anna auch an Pablito aufgefallen war: Ernsthaftigkeit, Nachdenklichkeit, Trauer? Ein Blick, der nicht zu passen schien zu den Äußerlichkeiten des großen Festes, das sich auf den Bildern der folgenden Seiten ausbreitete: elegante Menschen in großer Anzahl, eine Kathedrale in weißem Blumenschmuck, ein langes, festliches Büffet mit aufgetürmten Hummern und riesigen Torten, Tische voller Kristall, Damen voller Diamanten, eine sechsköpfige Tanzkappelle, Pablo und Eva beim Eröffnungstanz, Jubel und Trubel.

Dann kamen die Fotos von der Hochzeitsreise: Das Paar beim Besteigen eines Jets, Eva verträumt unter einem Blütenbusch, Pablo in Badehosen am Meer, breitschultrig und schmalhüftig, mit blitzenden, weißen Zähnen. Hotel, Berge, Stadtansichten, mal mit Eva, mal mit Pablo im Vordergrund. Dann ein weißes Häuschen mit Vorgarten, das offensichtlich ihr Heim geworden war. Eva im Garten, lachend zwischen Rosen, Eva, müde im Liegestuhl mit bereits rundlichem Leib, Pablo auf der Hollywoodschaukel, abgemagert, weiß, der dunkle Blick noch dunkler, seine Tiefe ein Abgrund. Und dann ein Berg von Blumen: Pablos Grab.

Und schon lag da Pablito, ein rundköpfiges Baby, im spitzengeschmückten Korb, die Augen geschlossen, das Haar dunkel gekraust. Und auch die folgenden Bilder zeigten Pablito: Pablito wie er sitzt, isst, kriecht, lächelt, steht, seine Augen immer weiter öffnet, seinen Blick immer dunkler werden lässt. Pablito im Wagen, Pablito im Laufgitter, Pablito im Gras.

Anna dreht Seite um Seite um, spürt, wie die Zeit eines jeden Lebens fließt und ausläuft, schaut alles an wie ein Film, dem sie nicht entgehen kann, weiß nicht, wohin es sie reißt, dreht Seite um Seite und schaut und schaut.

Und plötzlich fährt es ihr wie ein Messer durch den Leib: Auf einem großen Foto sitzt Pablito auf den Knien eines Mannes, den sie kennt. Brian, fünfzig, ergraut, Schalk in den Augen.

Das Buch liegt aufgeschlagen auf dem Tisch, Anna regt sich nicht, die Zeit gefror. Sieht sie das Bild? Ist sie noch da? Fühlt sie etwas und was?

Anna hat sich und alles vergessen und folgt süchtig und verloren den Bildern, die jetzt in ihr ablaufen und nicht zu stoppen sind: Brians weißes Gesicht im Mondlicht, wie er mit geschlossenen Augen daliegt, ganz konzentriert, ganz ihrer Zärtlichkeit hingegeben. Ihre Fingerspitzen, die über seine Haut wandern, als ob sie seine Formen auswendig lernen möchte. Wie sie die Tiefe seiner Augenhöhlen suchen, auf deren Grund sich der Augapfel rundet, und dann der scharfen Kante seiner Nase folgen um schließlich die unglaubliche Weichheit seiner Lippen zu kosten, die sich unter ihrer Berührung leise zitternd bewegen und sie mit der Zartheit von Blütenblättern streifen. Dort verharrt sie, ihre Fingerkuppen in intensiver und stummer Zwiesprache mit seinem Mund, dann gleitet sie sanft zur Schläfe, erprobt die Härte seines Schläfenknochens und fischt sanft in der Schläfenvertiefung nach etwas, das es gar nicht gibt. Dann fingert sie sanft an seinem Wangenknochen herum, drückt leicht um die Zähne darunter zu fühlen, folgt dem Lauf seines Kieferknochens zum Hals, an den sie nun ihr Gesicht drückt. In tiefen Zügen atmet sie seinen Duft und lässt sich versinken. Und Brian, nun plötzlich erwachend, packt sie mit festem, zwingendem Griff, dem sie sich willig seufzend überlässt. Er zieht sie eng und enger an sich, und während die Sehnsucht sich ins Unerträgliche steigert, stürzen ihre Körper ineinander, um sich in einem wilden Orgasmus, der nicht zu enden scheint, endlich zu befreien, von der unendlichen Qual, in sich, im Körper, in der Welt, gefangen zu sein.

Langsam kehrt Anna zurück. Das dunkle Mondlicht vor ihrem Auge hellt sich auf. Es ist Vormittag, Juni. Sie sitzt in ihrem Arbeitszimmer, vor ihr ein Fotoalbum, um sie herum die Farbstifte, mit denen sie eben noch gearbeitet hat. Und Brian, der Schalk, schaut lächelnd aus der Fotografie heraus. Und jetzt sieht Anna Eva in ihm, seine Tochter, die zwar blond ist und nicht die herrlich geschnittenen Lippen Brians hat, aber im Bereich der Augen und in deren Ausdruck ganz ihrem Vater gleicht.

Und Anna lächelt zurück, ohne jede Bitterkeit, amüsiert, über die Wege, die das Geschehen einmal mehr einschlägt. Sie staunt über sich und über ihr Leben, dessen Muster sie nun mit schnellen Gedanken nachzeichnet, wie in der Erinnerung die Gesichtszüge ihres Geliebten. Und in ihr ist das Wissen, dass jede Windung und ihres Lebensweges zur Kostbarkeit des Musters beigetragen haben und sie zu dem gemacht haben, was sie nun so unverwechselbar ist. Und wie Schuppen fällt es ihr von den Augen. Sie versteht, wieso in den vergangenen Tagen alles anders war und wieso sie sich gegenüber Eva so ungewöhnlich verhalten hatte. Vorahnungen. Und es war ja auch wirklich besonders, dass Brians Tochter sie um Hilfe bat.

Und wieder fiel die besondere Spannung über Anna, als sie nun daran dachte, dass sie nicht einfach einem Kind helfen wollte, sondern dem Enkel von Brian, der in Spanien im Koma lag.

Anna räumte den Tisch leer und legte das Pendel bereit. Eine Weile saß sie still und atmete tief. Und erst als es ruhig in ihr geworden war, nachdem einzelne Wolken des Bedauerns, des Nachfragens, des Loslassen und des neuerlichen Lächelns durch sie hindurchgezogen waren, zündete sie den Salbeizweig an. In einer leichten Bewegung segnete sie Himmel und Erde und die vier Himmelsrichtungen und mit ihnen alle Wesen, die sie in ihrer Mitte aufgenommen hatten. Der würzige Duft weckte ihre Kraft. Sie ließ sie bewusst aufsteigen, sie ballte sie in sich zusammen, und als sie fühlte, dass die Energie groß und stark geworden war, da gab sie sich hin. Einmal mehr leerte sie sich vollständig aus und übergab sich den Kräften, die aus ihr heraus arbeiteten. Das Pendel bewegte sich leicht und glitzerte quecksilbern. Mercurius, Hermes, der Götterbote war gebeten, sie dorthin zu tragen, wo es Hilfe für Pablito gab. In einem stummen Ruf rief sie seinen Namen: "Pablito" und der Name war weich auf ihren Lippen wie eine kostbare Berührung. Und sie drang in die Leere vor, immer weiter, ohne Furcht sich zu verlieren. Alles gab sie. Sie öffnete sich ganz und stand es geduldig durch, dass nichts sich zeigen wollte. So verharrte sie in wortlosem Gebet um Hilfe und rief stumm den Namen des Kindes.

Dann sah sie plötzlich Eva, die, wie die Prinzessin im Märchen, unerreichbar auf der Spitze eines hohen, gläsernen Berges saß. Und dieser Berg war aus kristallisierten Tränen, die nicht geweint worden waren. Und seine Abhänge waren so glatt, dass keiner hinauf oder hinunter konnte. Hier also saß Eva einsam und traurig und hielt weiße und gelbe Blumen in der Hand.

Und ohne zu wissen, was sie tat, verwandelte sich Anna in einen Vogel, flog zu Eva, setzte sich auf ihre Schulter und flüsterte: "Wirf sie weg, wirf Deine Blumen weg."

Und Eva gehorchte und warf, fast mechanisch und ganz langsam, Blume um Blume weg. Zuerst sah sie kaum hin, dann aber begann sie, genau zu betrachten, was sie wegwarf. Sie blickte in die weichen Kelche der Blüten, sah die zarte Samtigkeit der Blätter und die Pudrigkeit der Staubfäden und roch gierig den zarten Duft. Und je näher sie alles betrachtete, desto schwerer fiel es ihr, sich zu trennen. Und so spürte sie immer mehr den Verlust. Und mit jeder Blüte, die sie warf, und die sie mit zunehmender Geschwindigkeit den Glasabhang hinunter schlingern sah, wurde Evas Herz schwerer und bedrückter. Und als sie nur noch wenige Blumen in den Händen hielt, fing sie bitterlich zu weinen an. Schützend hielt sie die restlichen Blumen vor ihr Gesicht, weil sie sonst nichts hatte, wohinter sie sich verbergen konnte, und sie weinte und weinte und netzte den kleinen noch vorhandenen Strauß. Schließlich fielen die Tränen auch auf den Boden. Und der Berg schmolz! Eva achtete nicht darauf, sondern weinte einfach hemmungslos in Strömen. Aber Anna, die sie beobachtete, sah, wie die Bergkuppe sich langsam aber sicher senkte und wie die Distanz zwischen Eva und der Erde sich verkürzte. Näher und näher kam sie, während der Berg schmolz wie Eis und seine glatten Abhänge bucklig und schartig wurden.

Schließlich saß Eva auf der Erde, die nun nass und sumpfig von all den Tränen war. Die Blumen in ihrer Hand waren unansehnlich und welk und nun weinte Eva noch heftiger, denn nun hatte sie das Gefühl, dass ihr nichts mehr geblieben war als Leere und Elend und Sumpf.

Anna betrachtete sie voller Mitleid und Sympathie, wusste aber im Moment nicht, wie sie eingreifen könnte. Also wiederholte sie einfach mechanisch ihren stummen Ruf, mit dem sie auf diese Reise gegangen war: "Pablito". Und dann sah sie den Jungen, weit entfernt im Schwarz, mit finsterem Gesicht und misstrauisch. "Pablito", rief sie noch einmal, ohne Worte, aber Eva schien es gehört zu haben, jedenfalls schreckte sie auf. Sie blickte auf und sah das Kind und schrie nun laut: "Pablito!" Behände stand sie auf, warf die restlichen Blumen auf den nassen Boden, öffnete die Arme und rannte auf den Jungen los. "Pablito, mein Liebling, mein Junge, Pablito wo bist Du, komm zu mir zurück, mein Kind!" Sie schrie und schluchzte und in ihr war eine so tiefe Sehnsucht und eine so große Verzweiflung, dass Pablito davon ergriffen wurde. Sein steinernes Gesicht verwandelte sich. Und auch er setzte sich nun in Bewegung. Sein Misstrauen und seine Zurückhaltung waren vergessen, als er nun wie ein kleines Kind "Mutter, Mama!" schrie. Er rannte auf

Eva zu. Aber es war eine große Distanz, die sie überwinden mussten, und sie strauchelten und stolperten und fielen fast. Und sie weinten vor Verzweiflung und Sehnsucht, aber sie rannten und rannten. Es war, als ob sie eine Wüste durchqueren müssten, es gab kein Licht und kein Grün. Nur dunkle Erde und gelegentlich ein toter Baum, dessen gefallene Äste sie in Gefahr zu stürzen brachten. Aber langsam wurde der Grund trockener und die Entfernung kleiner. Und nun waren es nur noch wenige Meter und sie rannten weiter weinend aufeinander zu, sich mit immer neuen und zärtlichen Namen rufend. Und endlich fielen sie sich in die Arme. Eva lag auf den Knien und umschlang ihr Kind und Pablito drückte sich in sie hinein. So hielten sie sich und weinten und weinten, bis sie sich schließlich langsam beruhigten und im Gleichtakt zu schluchzen begannen und endlich zusammen Atem holten, tief, erschöpft, aber gerettet.

Anna war es, als ob sie heftige Vorwürfe hörte, obwohl die beiden nichts sagten: "Warum warst Du so weit weg? Warum hast Du mich verlassen?" Solche Sätze gingen durch den Kopf der Mutter. "Ich hatte keine Wahl, Du warst niemals für mich da", schien das Kind hoffnungslos zu stammeln. Aber bald war klar, dass sie so nichts gewannen und dass sie über den inneren Vorwürfen das herrliche Gefühl des Zusammenseins verloren. Und Anna meinte nun andere Töne zu hören: "Aber nun sind wir ja zusammen, nun haben wir uns ja wieder gefunden. Ach ich liebe Dich, mein Kind, ach ich liebe Dich so, Mama." Und nun wurde es langsam heller und die Landschaft verwandelte sich. Mutter und Kind knieten plötzlich im Gras und hinter ihren verschlungenen Körpern wurde ein dicker Haselstrauch sichtbar. "Komm, mein Kleiner, lass uns ausruhen", sagte Eva nun und führte Pablito zum Busch. Sie setzte sich, legte das Kind hin und nahm seinen Kopf in den Schoss. "Schlafe, mein Liebling, schlafe. Nun wird alles wieder gut", murmelte sie und Pablito kuschelte sich an sie, nahm ihre Hand fest in seine und flüsterte: "Ich bin so glücklich, Mama." Und während Eva ein Schlafliedchen leise summte, schlief er fast augenblicklich ein. Sie betrachtete sein kleines, angestrengtes Gesicht, das sich nun entspannte, als die Atemzüge tiefer wurden und ein leises Zittern der Wimpern seinen Schlaf anzeigte. Und Eva betrachtete dieses Zittern und die zarte Haut in den Augenwinkeln und ihr Herz begann zu fließen und wollte vor Sehnsucht fast brechen. Aber nun ließ sie diesen schmerzhaften Strom ungehindert durch ihren Körper fließen. Und sie fühlte, dass sie die Kraft hatte, ihn auszuhalten. Und dass ihre Kraft ausreichen würde, nicht nur den Schlaf, sondern auch das Leben ihres Kindes zu schützen, so weit es in der Macht einer Mutter steht.

14

Eva Boland war einmal mehr auf dem Weg zur Höhle. Mit schnellen Schritten ging sie am Dorfbrunnen vorbei. Sie achtete nicht auf die spielenden Kinder. Sie entging mit sicherem Instinkt dem Verkehr und betrachtete weder Schaufenster noch Passanten. Der Nachmittag in der Kirche hatte alles verändert. Zum ersten Mal seit sie ein Kind war, hatte sie sich erlaubt, schwach zu sein. Und da war er, der fast unerträgliche Schmerz um Pablo, aber auch die Wut, dass er sie verlassen und mit dem Kind allein zurückgelassen hatte. Es war, als ob sie vierzehn Jahre zurückversetzt worden wäre, als ob sie plötzlich aus einem Schock erwacht sei, der sie bisher in Unempfindlichkeit hatte erstarren lassen. So stolz war sie darauf gewesen, gefasst und stark zu sein. So sicher, dass sie stark sein müsse um eine gute Mutter zu sein. Und nun fühlte sie sich plötzlich betrogen: betrogen um ihren Schmerz und ihre Trauer. Und sie wusste, dass sie es war, die sich betrogen hatte.

Wie anders ging sie nun den Feldweg hinauf zum Wald: Langsam, bedrückt von ihren Gefühlen, schwer, ihre Schmerzen tragend. Fast blicklos suchte sie die Blumen, gelb und weiß, und pflückte sie, mechanisch und leer. Und doch nahm sie alles wahr und hielt alle ihre Gefühle aus: Alles, was sie bisher weder spüren wollte, noch konnte. Sie hätte gerne geweint und sich dabei ein bisschen bedauert, doch sie fühlte deutlich, dass die Situation zu ernst war. Die Zeit war noch nicht reif für Tränen. So ging sie, ganz bei sich, den Felsen entlang und in die Höhle hinein.

Wie gewohnt setzte sie sich auf ihren Stein, legte die verwelkten Blumen von gestern zur Seite (sie würde sie nachher mitnehmen und vor der Höhle verstreuen) und legte den kleinen Strauß vor sich auf die gestampfte Erde. "Für Dich, Pablo," flüsterte sie unhörbar. Aber da war ihr, als ob sie eine Stimme hörte, die Stimme ihres Kindes. Und die sagte: "Und ich"? Und obwohl diese Stimme nur ein Raunen gewesen war, vielleicht überhaupt nicht gehört, sondern nur gedacht, fuhr sie in Evas Körper mit einer Intensität hinein, als ob der Blitz neben ihr in den Fels geschlagen hätte. Ihr war, als ob ihr ein Riss durch den Schädel ginge und blendendes Licht eindränge, als sie nun plötzlich alles verstand. Sie sah Pablito, ihren Sohn, den sie nie richtig gespürt hatte, weil sie gar nichts mehr fühlen wollte und konnte. Pablito war da und starrte sie mit großen ernsten Augen bittend an. Und sie sah sich, wie sie nie auf diese Bitte nach Nähe hatte eingehen können. Sie sah, wie sie das kleine Kind, das sich an sie drückte, unbeweglich festhielt, damit sich in ihrem Körper nichts zu regen anfangen würde. Und dann war aus dem kleinen Kind der ernste Junge geworden, der ihr auswich, der technische Probleme mit seiner Eisenbahn vorschob um für sich allein zu sein. Ein Mensch, der wie sie, aufgehört hatte zu fühlen.

Jetzt brach ein Sturzbach von Tränen aus Eva heraus. Ihr Schreck und ihr Entsetzen über ihr Versäumnis fegte die letzten Barrieren hinweg. "Pablito," weinte sie, "Pablito. Es tut mir ja so leid. Bitte komm zurück, komm um Himmelwillen zurück. Geh nicht weg, bevor ich nicht gut gemacht habe..." und ihre Worte verloren sich in einem Stöhnen, das immer leiser wurde und schließlich verebbte. Plötzlich wusste sie: Ich muss zu ihm. Und sie sprang auf ohne auf die verwelkten Blumen zu achten und hetzte den Berg hinunter, durchs Dorf, am Hotel vorbei, zu Annas Haus.

Diese hatte inzwischen ihr Pendel sinken lassen und saß mit geschlossenen Augen, die Hände auf der kühlen Tischplatte ausgestreckt. Sie ruhte sich für ein paar Augenblicke vom inneren Geschehen aus, erleichtert und entspannt, denn nun wusste sie, das Pablito gerettet war. Pablito hatte Hoffnung gefasst und würde zurückkehren, die Heilung der Mutter würde die Heilung des Kindes möglich machen. Anna lächelte vor sich hin und in ihre Erschöpfung mischte sich Freude. Dann wurde sie tätig.

Sie ging in den Keller und holte eine leere Flasche. Diese wusch sie sorgfältig aus und füllte sie schließlich zu drei Vierteln mit feinstem Öl. Dieses ergänzte sie mit blutrotem Johanniskrautöl, das sie selber hergestellt hatte und versetzte das Ganze mit kostbaren, duftenden Pflanzenessenzen. Sorgfältig schüttelte sie das Ganze, verkorkte die Flasche und hielt sie gegen das Licht und genoss den Anblick der milden, roten Farbe und den Duft, der noch in der Luft hing. Freude durchfloss sie, als sie sich an den Sommertag erinnerte, an dem sie das Johanniskraut gepflückt hatte, die Wärme, das Summen der Bienen, der tiefe Frieden über der Waldlichtung. Diese ganze Schönheit und Kraft war im Öl gespeichert und würde Pablito die Lebensfreude und den Mut vermitteln, den er zum Erwachen und Weiterleben benötigte.

Anna setzte sich in ihren Lehnstuhl und entspannte sich. Sie fühlte ein seltene Zufriedenheit. Sie wusste, dass nicht sie die Heilerin war, sondern dass jeder Mensch sich letztlich selber heilen muss. Aber sie spürte doch ihren Anteil am Geschehen und war glücklich, dass etwas Blockiertes in Fluss gekommen war, dass Hoffnung und Liebe sich einmal mehr durchgesetzt hatten. Und besonders wärmte ihr Herz, dass sie zumindest indirekt etwas für Brian hatte tun können. Brian, der so unmittelbar in ihr Leben zurückgekehrt war, wie er daraus verschwunden war.

Endlich läutete es an der Tür. "Ich habe sie erwartet", sagte Anna, bevor Eva ein Wort sagen konnte und führte sie ins helle, behagliche Wohnzimmer.

Eva merkte nichts und überhörte den Satz. Sie war so mit sich und ihren Gefühlen beschäftigt, dass sie innerlich nur immer die Worte wiederholen konnte, die sie nun gleich Anna vor die Füße werfen wollte, denn ihr innerer Aufruhr war so stark, dass er fast aggressiv nach einem Ausdruck verlangte.

Aber Anna schnitt ihr das noch nicht ausgesprochene Wort ab: "Es ist Zeit, dass Sie nach Hause reisen", sagte sie. "Ihr Kind wird erwachen und braucht Sie."

Eva verschluckte sich beinahe. Das Geschehen beschleunigte sich in einer Weise, die ihr die Sprache verschlug. Anna fuhr fort:

"Es kann noch eine Woche dauern, bis Pablito erwacht, aber Sie müssen so schnell wie möglich zurück. Ich habe hier etwas für Sie vorbereitet. Passen

Sie bitte gut auf: Es ist wichtig, dass Sie sich genau an meine Instruktionen halten."

Und dann erklärte sie Eva, dass diese das Kind täglich sanft mit dem Öl einreiben müsse, von Kopf bis Fuß. Und dass sie sich weder von spöttischen Bemerkungen von Ärzten noch Krankenschwestern daran hindern lassen solle. Sehr sparsam solle sie das Öl verwenden und mit der Massage fortfahren, bis alles aufgebraucht sei. "Das wird mehrere Wochen dauern, aber wenn die Flasche leer ist, wird Pablito wieder bei Ihnen sein. Haben sie mich verstanden?"

Eva nickte stumm. "Und nun trinken wir einen Tee, bevor Sie gehen", fuhr Anna fort und ging in die Küche. So hatte Eva Zeit, sich zu fassen.

Diese saß da, mit trockener Kehle und außerstande, einen Gedanken zu fassen. Sie war herbeigerannt um Anna mit ihrem Entschluss zur Abreise zu überfahren und war nun selber überfahren worden. Die Verblüffung ernüchterte sie aber und so hatte sie ihre Stimme und ihre Form wieder gefunden, als Anna mit dem Teetablett ins Zimmer trat.

"Eigentlich ist es zu heiß für Tee", sagte Anna ehrlich, "aber ich hatte irgendwie das Bedürfnis, Zeit zu gewinnen." Sie schenkte ein und beide Frauen rührten schweigend in den Tassen. Endlich räusperte sich Eva.

"Ich bin zu Ihnen gekommen, um Ihnen zu sagen, dass ich abreisen werde", sagte sie leise.

"Klar", sagte Anna.

"Sie wussten, dass ich kommen würde?"

"Ich wusste es nicht, aber ich dachte es mir. Es war stimmig so."

Eva schwieg lange. Die Stille lag ganz natürlich im Raum. Die Zeit hatte angehalten und es war keine Eile geboten.

"Ich war wütend auf Sie", flüsterte Eva, und ihre Stimme schien beinahe zu brechen.

"Das macht nichts", sagte Anna ganz lieb und sanft. "Das hat Sie belebt."

Evas Augen wurden feucht. Sie spürte ihre Verletzlichkeit und damit das Leben in sich zittern und erfasste plötzlich, dass an diesem Morgen etwas ganz Wichtiges mit ihr geschehen war.

"Was haben Sie bloß mit mir gemacht?" fragte sie leise.

Und Anna antwortete eben so leise: "Ich?"

Wieder breitete sich Ruhe aus. Die Sonne zeichnete ein Viereck auf das helle Parkett, die Zimmerpflanzen leuchteten grün und durch das offene Fenster drangen Geräusche und erfrischenden Düfte des ländlichen Frühsommertages.

Eva versuchte, ihre Gedanken zu ordnen, irgend etwas in sich zu finden, an dem sie sich im Moment festhalten könnte. Anna beobachtete sie gerührt. Sie sah eine Frau, die vor so wenigen Tagen noch, zwar gebrochen vom Kummer, doch selbstsicher, perfekt und fast hart, vor sie getreten war. Und sie entdeckte nun eine neue Weichheit in ihren Zügen, eine zarte Verletzlichkeit, den Schmelz der Lebendigkeit, der wie ein Goldhauch Evas Haut überzog. Sie sah so jung aus in diesem Moment, dass Anna in sich den Wunsch fühlte, sie zu beschützen. Doch sie wusste sehr gut, dass Eva stark war und nichts brauchte als Zeit um in ihre neue Rolle zu wachsen. Sie war so schön und so wunderbar lebendig. Und sie war Brians Tochter. Sie hätte ihr Kind sein können! Anna fragte sich, ob das Gefühl, das durch sie floss und ihr die Brust fast schmerzhaft weitete, Trauer sei. Aber sie spürte: Nein, es ist einfach Liebe. Die Liebe, die immer zu Fließen begann, wenn etwas lebendig und ganz bei sich war. Oder Freude, die Freude, die Pflanzen und Tiere in ihr auslösten, die sich das Leben nicht so schwer machten wie die vielen Menschen, die zu ihr kamen, um über die

Behinderungen zu klagen, die sie sich meistens selber auferlegten.

Eva hatte endlich einen rettenden Gedanken gefunden, den sie nun wie ein Geländer benutzte, um aus diesem unbekannten Gebiet der totalen Offenheit in Verhaltensmuster zu gelangen, die ihr vertrauter waren und leichter zu handhaben waren.

Ihre Stimme war wieder fester, als sie nun sagte: "Darf ich Sie etwas fragen?"

Und auf Annas Nicken: "Was waren das für Tropfen, die Sie mir gegeben haben?"

"Oh, haben Sie sie auch brav genommen?" lachte Anna. "Das ist etwas Wunderbares: Die Blüten von Dr. Bach. Er sagte, dass Krankheiten durch psychische Fehlhaltungen entstehen und heilte mit Pflanzen, die zuerst auf die Psyche und erst in zweiter Stufe auf den Körper wirken. Ich gab Ihnen "Star of Bethlehem". Der goldige Milchstern hilft Menschen bei der Überwindung einer tiefen Verzweiflung, die durch einen Schock entstanden ist."

Diese Antwort ließ Eva erneut erstaunt verstummen. "Dann haben sie also mich behandelt und nicht das Kind", flüsterte sie endlich und Anna hörte, wie ihr eng wurde. Die Verzweiflung breitete sich noch einmal wie ein riesiges schwarzes Ungeheuer aus und drohte Eva und mit ihr Pablito zu ersticken. Das Gefühl von Schuld stieg auf, wurde mächtig und mächtiger und drohte, sie zu zerbrechen.

Anna spürte die Gefahr und kam Eva zu Hilfe. "Nicht doch", sagte sie begütigend, "nicht doch. Es war nichts verkehrt. Es war wie es war. Schwer für Sie, zu schwer. Und zu schwer für Pablito. Aber nun ist es ja vorbei. Sie waren beide krank und nun haben Sie die wunderbare Möglichkeit zusammen zu gesunden."

Die Qualität der Stille zwischen den zwei Frauen veränderte sich. Hatte sie vorher eine fast zärtliche

Einfühlung vereint, so wurde die Atmosphäre jetzt nüchterner, erbarmungsloser. Anna erkannte einmal mehr, wie begrenzt ihre Macht, zu helfen, war. Es lag an Eva, ob sie ihre Chance wahrnehmen würde, ob es ihr gelingen würde, die Vergangenheit zu vergessen und sich der Zukunft und ihrem Kind zuzuwenden. Ob sie in der Zukunft sich und ihr Leben so bejahen könne, dass auch Pablito wieder leben wollte.

"Gehen Sie jetzt", sagte Anna, etwas müde und milde. "Es wird alles gut werden." Und in Gedanken fügte sie hinzu: So Gott es will.

Und nun wurde Eva wieder aufgeregt und wollte alles richtig machen und wusste nicht, wie. "Wie soll ich Ihnen nur danken", stammelte sie. "Und überhaupt, was bin ich Ihnen schuldig?" Und dann nach einer verwirrten Pause: "Ich möchte etwas für Sie tun."

Anna war gerührt über ihre Verwirrung und ihren Eifer. "Ach, wissen Sie was. Gehen Sie nun nach Hause und warten Sie ab, was geschieht. Und wenn dann alles gut ist, können Sie mir ja etwas Geld schicken. Ich musste gerade meine Dachrinne reparieren lassen und habe eine etwas größere Rechnung zu bezahlen. Aber es eilt nicht."

Und als Eva sitzen blieb, unfähig sich von ihr weg zu rühren, streckte sie die Hand nach ihr aus, zog sie beinahe aus dem Stuhl hoch, nahm sie in die Arme und hielt sie fest, einen langen Augenblick lang. "Gehen Sie jetzt", flüsterte sie sanft, "Sie werden gebraucht."

Und Eva spürte, dass sie nun ihre neue Kraft gebrauchen musste. Sie atmete tief ein, zwang sich ein Lächeln ab und sagte mit rauer, aber fester Stimme: "Sie haben mir sehr geholfen. Ich danke Ihnen von ganzem Herzen." Dann langte sie nach der Ölflasche und ging mit schnellen Schritten aus dem Zimmer und aus dem Haus.

Nach einem Augenblick der Erstarrung lief ihr Anna

nach und rief: "Ihr Fotoalbum. Nehmen Sie auch Ihr Fotoalbum!" Und sie rannte ins Arbeitszimmer und nahm den schweren Lederband vom Tisch und brachte ihn Eva, die auf der Treppe zum Eingang stehengeblieben war. Diese ging nun, merkwürdig und schwer beladen, davon ohne einen Blick zurück zu werfen, innerlich bereits auf der Reise, zurück zu ihrem Kind.

Anna ging ins Wohnzimmer zurück und fiel erschöpft in einen Stuhl. Alle Energie schien aus ihr zu fließen. Sie hätte vor Müdigkeit weinen mögen aber sie kannte den Zustand und wusste, dass er bald vorbei sein würde. "Das Fotoalbum", dachte sie, "das Fotoalbum."

Sie hatte nicht einmal Zeit gehabt, um nachzusehen, ob es darin noch andere Bilder von Brian gegeben hätte.

15

Der Herbst war gekommen. Der Himmel über dem Tal war grau, der Garten lag abgeerntet. Das hellblaue Bild, an dem Anna den ganzen Sommer lang gearbeitet hatte, hing gerahmt an der Wand und strahlte eine gleichzeitig wehmütige und heitere Zufriedenheit aus. Und alles lief seinen gewohnten Gang. Irgend einmal war ein Brief von Eva gekommen, in dem sie sich noch einmal tausendmal für alles bedankte und berichtete, dass Pablito aufgestanden sei und gute Fortschritte machte. Der beigelegte Check reichte für die Rechnung des Spenglers und erst noch für orthopädische Einlagen, die sich eine arme Bauersfrau nicht leisten konnte.

Es war elf und eben hatte ein Regen eingesetzt, dessen monotones Rauschen alles dämpfte, auch Annas Arbeitslust. Und so saß sie untätig und gedankenverloren an ihrem Tisch, als sie die Hausklingel aus ihren dämmrigen Gedanken aufschreckte.

Ein Junge hielt ihr einen riesigen, bunten Asternstrauß entgegen, den Anna voller Freude entgegen nahm.

"Darf ich Sie besuchen?" stand spanisch auf der angehefteten Karte. Und: "Falls ich nichts anderes von Ihnen höre, bin ich um 14 Uhr bei Ihnen. Brian." Dazu die Telefonnummer und der Name des Hotels.

Brian war also hier. Anna blieb ruhig und staunte über sich. Sie wunderte sich, dass sie so gelassen blieb und dass sie diesmal nichts im voraus gespürt hatte. Sie schüttelte den Kopf. Wie merkwürdig, Brian kam.

Als sie ihm die Tür öffnete, hatte sie sich umgezogen und sich ein wenig zurecht gemacht. 'Der Schlag muss ihn treffen, mich nach so langer Zeit wieder zu sehen', dachte sie und lächelte, halb über ihre Eitelkeit, halb aus Schadenfreude über seinen Schock. Und nun stand er vor ihr, älter als auf der Fotografie, und sie sah in seine dunklen, lebendigen Augen und hörte die Turmuhr zwei Mal schlagen.

Brian war inzwischen sechzig geworden und ziemlich kahl und weiß. Er hielt sich aber noch immer straff und sehr gerade und wirkte kraftvoll und groß. Im besten Stil und teuer gekleidet, stand er, ganz Mann von Welt, vor ihr und der weiße, sauber gestutzte Bart markierte sein Gesicht und stand in merkwürdigem Kontrast zu den Augen, die ihre jugendliche Behändigkeit und ihren Glanz behalten hatten, obwohl sich in ihren Winkeln eine leise Müdigkeit einnistete. Und diese Augen nun, waren riesig und fast angstvoll auf sie gerichtet: Augen, wie auch Pablito sie hatte.

Anna hielt ihm die Hand entgegen, die er mit beiden Händen ergriff und festhielt. So standen sie eine Weile stumm voreinander, bis Anna ihn an seinen Händen ins Haus zog: "Komm doch herein." Sie duzte ihn. "Willst Du mir Deinen Mantel geben? Was für ein Wetter!" Sie ging ihm ins Wohnzimmer voraus.

Der lichte Raum mit seinen hellen Wänden und dem gelben Fußboden wirkte auch bei diesem düsteren Herbstwetter sonnendurchflutet. Der Asternstrauß stand in einer großzügigen Vase am Boden und wirkte wie ein kleines Blumenbeet. "Setz Dich, Brian."

Anna hatte ihr immer noch ganz braunes Haar mit glitzernden Kämmchen zu einer üppigen und kaum gezähmten Frisur hochgesteckt. Dazu hatte sie ihr hellblaues Seidenensemble gewählt, dessen weite Hose und leichte Bluse ihren vollen Körper weich umspielten. Das helle Blau machte ihre Erscheinung freundlich und licht und korrespondierte mit dem Bild an der Wand, das von ihrer Lebendigkeit angesteckt schien.

Brian setzte sich. Für einen Augenblick lang herrschte eine fast peinigende Wortlosigkeit. Dann blickte er auf und sah Anna sehr direkt in die Augen. "Es hat sehr viel Mut gebraucht, zu kommen." Anna nickte stumm. "Ich wusste erst, dass Du das warst, als mir Eva Deine Adresse gab." Brian hatte zum vertrauten Du gewechselt. Auch wurde sein Ausdruck nun plötzlich bewegter, als er weiterfuhr: "Pablito geht wieder zur Schule, es ist alles gut geworden."

Sein offener Blick bewegte in Anna mehr als sie wollte. "Ich bin gekommen um Dir zu danken", sagte er nun, ganz Gentleman, der um die Welt reisen würde um seine Pflicht zu erfüllen. "Du hast sehr, sehr viel für mich und meine Familie getan. Hast Du gewusst...?"

Anna nickte. Es fiel ihr schwer, etwas zu sagen. Es machte sie immer verlegen, wenn ihr jemand dankte, für etwas, von dem sie nicht das Gefühl hatte, dass es ihr Verdienst war. So blickte sie Brian einfach geradeaus an und schwieg.

Brian wusste auch nicht, wie weiterfahren. Er schlug die Augen nieder und schluckte. Dann sagte er leise und rau, und es war mehr eine Feststellung als eine Frage: "Du bist mir böse."

Anna beobachtete sich und die Situation. Fast dreißig Jahre waren vergangen. Sie waren beide alt geworden und er saß nun da mit einem schlechten Gewissen, als ob er erst vorgestern eine Dummheit gemacht hätte.

"Es war nicht leicht für mich", sagte sie schließlich, fast ohne Betonung. "Es war unmöglich, zu verstehen."

Brian wurde nun lebhafter: "Du konntest es nicht verstehen, denn ich war ja so dumm. Ich weiß es heute - und ich wusste es schon damals." Er schüttelte den Kopf über sich. "Ich war so wütend auf Dich." Und er spürte wieder seine Empörung von damals, seine Unfähigkeit zu begreifen, wie sie ihn einfach verlassen konnte, sich unerreichbar und unzugänglich in einem Bergdorf vergrub, ihm eine alte Frau vorzog. "Ich war verwöhnt und dumm", murmelte er, "aber ich habe teuer dafür bezahlt. Ich wollte das alles nicht."

Anna sah ihn ohne besonderen Ausdruck forschend an und sagte kein Wort. "Ich habe sie schon vor Dir gekannt, weißt Du, auf der Botschaft. Und als Du nicht zurückkamst… ja, und dann war sie schwanger und ich heiratete sie. Ich wusste, dass ich den größten Fehler meines Lebens beging, aber ich hatte keine andere Wahl."

"War Deine Ehe unglücklich?" fragte Anna behutsam.

"Nein", antwortete Brian versunken, "das nicht. Sie war eine nette und eine gute Frau. Sie hat mir Eva geschenkt. Wir waren nicht unglücklich. Aber es war weniger, als hätte sein können. Und ich wusste doch, was möglich wäre, nachdem ich Dich getroffen hatte."

Diese Worte taten Anna gut, aber sie schämte sich ein bisschen dafür. "Ja, es war weniger, als hätte sein können", murmelte sie schließlich, "Aber es war anders. Und vielleicht war es auf eine andere Weise mehr." Und sie sah ihr Leben vor sich und wohin sie ihre Einsamkeit getragen hatte und sie wusste, dass sie nichts von ihren Erkenntnissen und Erlebnissen missen wollte. Sie ahnte, dass sie als verheiratete Frau, als Mutter, eingebunden in die üppige Diplomatenwelt von Brian, niemals so weit gekommen wäre, wie sie nun gegangen war. Und so saß sie da, bald sechzig, und Brian saß vor ihr. Ihr war, als ob sie träumte.

"Du bist eine große Frau geworden", sagte Brian ehrlich. "Ich wusste, dass Du Format hast. Aber nun erstaunst Du mich doch."

"Ach, Brian, das ist alles halb so wild", wehrte sie ab, "ein bisschen Kräuterkunde, ein bisschen Psychologie..." und ein bisschen sonst noch was, fuhr ihre innere Stimme fort. Aber darüber wollte sie nicht sprechen.

"Weißt Du, Dein Öl hat Wunder gewirkt!" beharrte Brian. "Es war direkt sichtbar, wie Pablito unter Evas Händen stärker wurde."

"Pablito brauchte die Berührung seiner Mutter, das war alles. Und einen Vierzehnjährigen kannst Du nicht einfach in die Arme nehmen", erwiderte Anna trocken. "Und er brauchte die Anregung seines Nervensystems durch die starken Düfte. – Ach weißt Du, es ist eigentlich alles ganz einfach und nahe liegend."

Eine Weile schwiegen sie sich an.

"Das ist ein interessantes Bild", sagte Brian schließlich und deutete auf die Wand. "Von wem ist es?"

"Von mir. Ich habe es am Tag begonnen, an dem Deine Tochter zu mir kam."

Brian war erstaunt und wollte mehr wissen. Und Anna erklärte ihm, wie sie gelernt hatte, das Pendel zu benutzen, um Zeichnungen aufzubauen. Und wie sie gelernt hatte, ihre Arbeiten auf die verschiedenste Weise zu interpretieren.

"Eigentlich sieht das aus, wie wir", sagte Brian schließlich zu Annas Überraschung. "Das bin ich, wie ich halsstarrig im Boden stecke und nicht vom Fleck kann. Und das bist Du, die sich mir gnadenvoll zuwendet." Und nun stand wieder der Schalk in seinen Augen, dieses tonlose, warme und lustige Lachen, dem sie schon damals nicht widerstehen konnte. Und Anna begann sich immer wohler zu fühlen und lächelte ebenfalls.

"Nein, Brian, wenn schon, umgekehrt. Dieser Kreis ist linksdrehend, das ist die weibliche Figur. Wenn schon, bist Du das, der den Kopf zu mir wendet."

Brian studierte die Figuren gedankenvoll. "Ich, stolz aufstrebend, wachsend. Und dann geknickt und nicht mehr lebensfähig. Du, tief in der Erde verwurzelt, fähig die Gegensätze zu tragen. Ja, so könnte es auch sein. Weißt Du, ich mag diese Figuren und ich liebe dieses Hellblau." Und dann sah er sie voll an: "Es steht Dir ausgezeichnet."

Anna verschlug es den Atem. Sie befürchtete, errötet zu sein. Sie fühlte sich überrumpelt von seiner Direktheit, wie vor dreißig Jahren, erschreckt und äußerst angenehm berührt zugleich. Die Repetition des Geschehens hatte etwas unwiderstehlich Bannendes, aber Anna nahm sich diesmal fest in den Griff. Sie sagte nichts.

"Ich bin ein alter Mann", das war kokett. "Aber Du bist immer noch eine wunderschöne Frau." Brian schaute mit großen, ehrlichen Kinderaugen. Und zwischen die beiden trat die Unmittelbarkeit von einstmals, die solche Worte erlaubt erscheinen ließ. Anna gab sich dem Zauber hin, aber innerlich zögernd und auf der Hut. Sie erlaubte dem Vielleicht, hineinzutreten ins Zimmer. Sie öffnete den Raum, und sie ließ in diesen Raum die Schemen und nebelhaften Bilder eines neuen Glücks eintreten. Sie ließ die Versuchung einer Wiederholung des alten Glücks in sich Wachsen. Sie spielte mit der Möglichkeit der alten, ungeheuerlichen Nähe, mit dem Fließen und dem Schmerz der übergroßen Liebe. Und die Sehnsucht schien sie auszudehnen bis an die Grenzen des Alls. Wie gut kannte sie dieses Gefühl, wie oft hatte sie es erlebt, wenn sie, in das blitzende Silber des Pendels starrend, sich aufgab, sich hingab und verfloss in das Unbekannte hinein, in das transparent Dunkle, das keinen Namen hat und das keine Erinnerung zurücklässt, als diese Sehnsucht und ein Glücksgefühl wie Goldstaub im Sonnenlicht. Und nun war es da, in diesem Zimmer, und versprach mit süßen Zungen, in diese Realität zu kommen, ihr Leben mit den lebendigen Fingern dieses Mannes neu zu berühren, ihr die Lust zu gewähren, die äußern und inneren Bilder verschmelzen zu lassen, es zu erleben, es noch einmal zu erleben, es immer wieder zu erleben.

Die Versuchung war groß. Aber Anna hielt sich an der Lehne ihres Stuhles fest, so fest, dass ihre Knöchel weiß wurden. Und das brachte sie zurück. Doch bevor sie irgend etwas sagen konnte, flüsterte Brian: "Wenn Du mir verzeihen könntest...wir könnten...ich habe nie aufgehört..."

Und noch einmal ging eine Welle durch Annas Körper, und sie liebte sie, weil sie sich jung fühlte und neu und sie ließ sie fließen und in sich nachklingen und sagte dann endlich: "Sei still, Brian, sei still. Es war alles richtig so wie es war. Ich habe Dir längst verziehen, das heißt, ich war Dir eigentlich immer mehr dankbar als böse. Aber es ist viel geschehen inzwischen. Ich bin nicht mehr ich und Du bist nicht mehr Du. Wir können nicht so tun, als ob das nicht wahr wäre." Aber während sie es sagte, wusste sie, dass das, was sie sagte, die Unwahrheit war. Anna war Anna und Brian war Brian und eine große Liebe blieb eine große Liebe. Aber Anna war in diesem Moment nicht fähig, sich für sie zu entscheiden. Darum blieb sie stumm.

Brian beobachtete sie mit einem Blick, der alles zu verstehen und zu billigen schien.

"Verzeih mir mein spanisches Temperament", sagte er zart "verzeih mir, ich habe Dich hier überfallen. Ich bin gekommen um Dir zu danken und fordere plötzlich. Verzeih." Und in diesen Worten lag ungewollt mehr Verführung als in jedem Geständnis von Leidenschaft. "Ich bin für Dich da, wenn immer Du mich wünschst, ich bin für Dich da. Aber mach ganz, was gut für Dich ist. Vergiss nicht", und wieder stieg der Schalk in seine Augen und verbreitete sich strahlenförmig über Wangen und Gesicht, "ich hatte während dreißig Jahren Zeit, Geduld zu lernen. Ich kann und werde warten."

Er stand auf. Und auch Anna erhob sich. Und als sie sich nun gegenüber standen, so nahe, dass jeder unbewusst des andern Wärme spüren konnte, schien es einen Moment lang, als ob sie gar nicht anders könnten, als sich in die Arme zu fallen, aber auch dieser Moment, schwarz fast vor Dichte, verging. Und Brian bewegte sich zur Tür. Im Windfang zog er seinen Mantel an, aber bevor er ihn schloss, griff er nach der Brieftasche und entnahm ihr seine Visitenkarte. "Hier meine Adressen", sagte er, "ich bin fast immer auf Lanzarote. Und Du bist mir immer willkommen, immer." Dann, die Bewegung zur Brusttasche unterbrechend und ganz eindringlich: "Anna, brauchst Du etwas, kann ich Dir, darf ich Dir etwas geben?" Und als sie stumm verneinte, versorgte er die Brieftasche, knöpfte den Mantel zu und nahm Annas Hand. "Anna, ich möchte Dich wiedersehen. Wenn Du nicht kommst, komme ich. Darf ich wiederkommen?"

Und als Anna, der es nun fast zu viel wurde und die Mühe hatte, vor Müdigkeit nicht einfach in Tränen auszubrechen, langsam nickte, nahm er ihre Hand und drückte einen langen und weichen Kuss darauf. Anna war es, als ob sie jede Zelle seiner Lippen spürte. Und dann ging er rasch. Und Anna war froh darüber, denn ihr Widerstand hatte sie all ihre Kraft gekostet.

Sie ging hinauf in ihr angenehmes, kühles Zimmer und warf sich aufs Bett. Ihre Erschöpfung und Verwirrung waren so groß, dass sie nicht mehr wusste, was sie fühlte und was sie fühlen wollte. Bilder von dem Gespräch mit Brian und Bilder aus der Erinnerung überschnitten sich und verschmolzen ineinander. Dazwischen schob sich Pablito, fröhlich lachend und Fußball spielend mit Eva, die ihn stolz und glücklich anlachte.

Anna schlief ein. Im Traum schritt sie über ein schwarzes Lavafeld, auf dem da und dort, wie grüne Kissen, Sukkulenten wuchsen. Das Meer lag in strahlendem Blau und ließ gedämpft die Brandung hören. Über den Hügeln lag ein dunkelvioletter Schein. Die Sonne wärmte den kühlen Passat auf eine angenehme Temperatur. Anna genoss, wie der Wind an ihren Haaren riss und ihre Bluse gegen ihre nackten Brüste drückte. Ihr Körper war beschwingt und lebendig, als sie nun ohne Mühe hinaufstieg, immer höher hinauf, sich dem Wind immer mehr aussetzend, fast tanzend von einem der scharfkantigen schwarzbraunen Brocken zum andern, immer freier und leichter werdend und schließlich fast schwebend. Tief zog sie die frische Luft ein und öffnete sich weit, ihre Lungenflügel zuerst und dann ihre Arme. Und dann hob sie ab wie ein Vogel.

Ein inneres, tonloses Jauchzen trug sie mit breiten Schwingen ins Blau. Sie flog langsam einen weiten Kreis über die Insel und näherte sich dann dem Krater des Vulkans, dessen Schlund nun mit stillem, tiefblauen Wasser anstatt mit Feuer gefüllt war und an dessen Wände weiße Bergkristalle wie Blumen blühten.

Anna fühlte sich gut.

Von der gleichen Autorin:

Die Königin der Feuersalamander
Im Labyrinth der Kraft
Von Menschen und Geistern
Liebe überlebt
Arkana
Das Licht der Wüste
Im Schnittpunkt der Dimensionen
Weisses Feuer, schwarzer Schnee

Alle auch als e-book bei kindle-bookshop